KB048559

신의 수호자

1.방문

Kami no Moribito—Raihô-hen

Text Copyright © 2003 by Nahoko Uehashi
Illustrations Copyright © 2003 by Makiko Futaki
First published in Japan in 2003 by KAISEI-SHA Publishing Co., Ltd., Tokyo
Korean language translation rights arranged with KAISEI-SHA Publishing Co., Ltd.
through Japan Foreign-Rights Centre/Shinwon Agency Co.

신의 수호자

1.방문

우에하시 나호코 지음 김옥희 옮김

스토리존

차례

대지에 서리가 내린 것처럼 달빛이 비치고 있다.

그 은은한 빛의 서리를 밟아 흐트러뜨리며, 말을 탄 무인들이 달려간다. 그들이 왼손에 높이 든 횃불이 잔광의 꼬리를 어둠에 남겼다.

야트막한 언덕을 다 올라갔을 때, 그들은 저 아래에서 원 모양의 희미한 불빛을 봤다. 신타단 감옥이다. 감옥 주위를 에워싼 높은 방벽 위에는 화톳불이 여기저기서 타오르고 있었지만, 방벽 위를 순찰하고 있어야 할 병사가 든 횃불의 움직임은 전혀 보이지 않았다.

방벽 안쪽에는 세 개의 옥사가 보인다. 각 옥사의 창에서도 불빛이 새어 나왔다.

"…움직이는 거라곤 전혀 눈에 띄지 않는군요."

재촉하듯이 제자리걸음을 하고 있는 말을 고삐를 잡아당겨 진정시키면서, 젊은 무인이 선두에 선 무인에게 말을 걸었다. 선두의 무인이 탄 말이 갑자기 정지한 채로 조각상처럼 감옥을 내려다보고 있었다. 선두의 무인이 입을 열었다.

"그렇군, 전혀 안 보이는군. 신타단 감옥에서 적의 습격을 알리는 비둘기가 도착하고 아직 반 크룬(약 30분)밖에 지나지 않았는데, 이렇게 조용하다니 이해가 안 되는군. …보초견이 짖는 소리조차 안 들리다니."

투박한 반원형 투구 너머로, 무인은 지그시 감옥을 응시하고 있었다. 가죽으로 된 몸통 호구를 두르고, 등에는 단궁을 짊어지고 있다. 허리에 찬 칼의 손잡이에 매달린 술에는 파란색 실에 대장의 상징인 금실이 섞여 있었다.

"…두 패로 나누도록 하자. 슈르다부터 도우르무까지는 나를 따라와라. 정문으로 해서 안으로 들어간다. 나머지는 말 스무 마리 정도의 거리를 두고 우리 뒤에서 대기해라. 우리에게 무슨 일이 일어났을 때는 우리를 지원하려 하지 말고, 서둘러서 마칼 성채에 알리도록 해라.

적의 정체는 모르겠지만, 이미 감옥을 제압하고 함정을 파놓고 있을지도 모른다. 절대로 방심하지 마라!"

그가 뒤에 부채꼴 형태로 퍼져 있는 기마병에게 울림이 좋은 목소리로 말하자, 기마병들이 굵은 목소리로 응답했다.

언덕을 내려가면서, 그들은 가슴속에 불안감이 꿈틀거리는 것을 느꼈다. '적'은 도대체 어디의 군사일까? 동족의 죄수를 탈옥시키기 위해서 어떤 씨족이 습격한 걸까? 그러나 왕의 명을 받아 수감된 죄수를 탈옥시키는 것은 곧 왕에 대한 반역을 뜻한다. 신타단은 변경의 자그마한 감옥으로, 죄수는 전부 하층민이다. 씨족 전체를 멸망시키면서까지 구하고 싶을 정도로 중요한 인물이 수감되어 있다는 소문은 들은 적이 없다.

여기는 신요고 황국의 국경에 가깝다. 하지만 신요고 황국과 로타 왕국은 우호관계에 있고, 전쟁을 싫어하는 요고인이 느닷없이 자그마한 감옥을 이런 식으로 습격할 리도 없다.

기마병들은 평지로 내려오자 제각기 칼을 뽑아들었다. 왼손에 횃불, 오른손에 칼을 든 채 발만 써서 능숙하게 말을 다루며 간다.

높은 방벽에는 적이 사다리를 건 흔적도 없이 그저 적막하기만 했다. 깊은 해자에 걸려 있는 다리가 보였을 때, 기마병들은 눈살을 찌푸렸다.

마치 대낮처럼 도개교가 내려와 있었고, 정문이 열려 있었다. 정문 안쪽으로는 화톳불의 불빛이 주황색으로 옥사의 벽을 희미하게 비추고 있었다.

"…앗."

기마병 하나가 숨을 멈추고, 황급히 고삐를 잡아당겼다. 그리고 땅바닥으로 뛰어내려 뭔가 검은 덩어리 위로 몸을 굽히더니, 곧바로 몸을 틀어서 동료를 올려다봤다.

"병사가 죽어 있다!"

대장이 그 사체 옆으로 내려서서 횃불로 사체를 비췄다. 횃불의 불빛에 떠오른 사체를 보고, 대장이 얼굴을 찡그렸다.

"…아니, 이건."

엎드린 채로 쓰러져 있는 사체는 피투성이였지만, 칼이나 화살에 맞은 상처도 없이 목덜미의 살점만이 파여 있었다.

"늑대에게 물린 상처 같군."

대장이 그렇게 중얼거렸을 때, 옆에서 또 다른 병사가 목소리를 높였다.

"여기에도 사체가 있습니다!"

그쪽도 마찬가지로 엎드린 채 쓰러져서 목덜미를 물어뜯겼다. 두 사체가 똑같이 머리를 해자 쪽에서 이쪽으로 향한 채 쓰러져 있는 것을 기마병들은 그때 깨달았다.

대장은 멍하니 감옥의 정문을 쳐다봤다.

"…이 병사들은 늑대에게 쫓겨 방벽 안쪽으로 도망쳐 들어가려고 한 것이 아니라, 감옥에서 도망쳐 나와 여기서 당했단 말인가? 설마. 그렇다면 늑대떼가 감옥 안에 있었다는 뜻인데."

감옥을 향해 천천히 움직이기 시작한 그들은 이윽고 감옥 안에서 끔찍한 광경을 목격하게 되었다.

말 없는 시체가 여기저기 흩어져 있었다. 죄수도 간수도 모두 똑같이 목덜미나 목의 급소를 물어뜯겨 죽었다.

이 감옥 안에서 살아남은 자는 옥사 안에 있던 간수와, 감방에 묶여 있던 죄수들, 그리고 하수구 안에 숨어 있던 개 정도였다.

말발굽 소리가 나도 살아남은 자들이 마중 나올 기미는 없었다. 겁에 질린 그들은 옥사 밖으로 나올 용기조차 없었던 것이다.

기마병들은 얼음물을 뒤집어쓴 것처럼 떨면서, 적막감이 감도는 감옥 안을 말없이 돌아다녔다. 늑대의 그림자조차 없었고, 벽 안쪽에 늘어선 죄수들의 작업장에는, 평상 위에 작업 중인 세공물 등이 그대로 놓여 있었다. 늑대떼가 습격했다면 도대체 왜 평상 위에 쌓인 세공물이 쓰러지지 않은 걸까….

기마병들은 천천히 둘러보다 보니 늑대의 짓으로는 도저

히 생각할 수 없게 되었다.

"…대장님, 이걸 봐주십시오!"

기마병이 놀라서 소리를 질렀다. 그가 가리키고 있는 것은 죄수를 공개처형 하는 목제 단상의 모서리였다. 단단한 떡갈나무로 만든 단상이 마치 부드러운 라(버터)를 떠낸 흔적처럼 움푹 파여 있었다.

"도대체 어떻게… 이런 일이…."

일단 그 이상한 흔적을 발견하자, 그때까지는 눈에 띄지 않았던 흔적들이 여기저기 보이기 시작했다. 놀랍게도 돌로 단단히 쌓은 성벽에도 거대한 짐승이 발톱 하나로 긁고 지나간 흔적이 남아 있었다.

잠시 후에 그들은 유일하게 짐승에게 물어뜯기지 않은 사체를 발견했다.

그것은 광장에서 처형당한 여자의 사체였다.

조금 높은 위치의 처형장으로 올라가, 처형당한 시체 옆에 서서 주위를 둘러본 순간, 대장은 할 말을 잃었다.

여기서 무슨 일이 일어난 것이다. 여기에 거인이 서서 엄청나게 거대한 낫을 휘두른 것처럼, 이 자리를 중심으로 해서 사체가 방사선 형태로 흩어져 있는 것을 확실히 알 수 있었다.

대장은 대담한 사내였지만, 무릎이 후들거리는 것을 도저히 억제할 수가 없었다.

'이것은 늑대떼의 짓이 아니다. 이것이 악몽이 아니라면 나는 지금 무엇을 보고 있는 걸까…?'

달빛이 숨을 멈춘 사람들 위를 서리처럼 뒤덮고 있었다.

제1장

재앙을
불러오는
아이

1
가을의 약초장

　약방 안은 어두침침해서 안으로 발을 들여놓자, 바깥의 소
란스러움이나 가을의 투명한 빛이 차단되어 약단지 안에라
도 빠진 것만 같았다.

　바르사는 뚜벅뚜벅 안쪽으로 걸어 들어가는 탄다의 뒤를
따라서 천천히 가게 안을 걸으면서, 양옆 선반에 놓인 수많
은 약초 다발과, 천장에 매달아 말리고 있는 잎에서 풍기는
냄새에 얼굴을 찡그렸다.

　가게 안쪽에는 커다란 평상이 있었고, 그 건너편에 가게 주
인으로 보이는 중년 남자가 앉아 있었으며, 이쪽에는 나그네
차림의 남녀 몇 명이 서성거리고 있었다. 뒤에서만 봐도 요
고인만이 아니라 로타나 산갈의 상인도 있는 것을 알 수 있

었다. 탄다는 어깨에 대각선으로 메고 있던 주머니를 빼내면서 그 상인들에게 다가갔다.

이 가게 밖에는 도서가도(都西街道)를 따라서 많은 노점들이 늘어서 있다. 그 노점들은 전부 약효가 있는 버섯이나 진기한 약초 등을 취급했다.

'요고의 약초장'은 늦가을의 이 시기에만 서며 사흘 동안만 열린다. 그런데도 이 장을 목적으로 이웃 나라에서 신요고 황국의 국경에 있는 이 역참마을까지 찾아오는 상인들로 무척 북적였다.

피리 소리와 경쾌한 북소리가 울리기 시작했고, 박수 소리와 사람들의 웃음소리가 들려왔다. 그 피리의 곡조는 묘한 정겨움을 느끼게 해, 바르사는 손에 든 단창을 곡조에 맞춰 살짝 흔들면서 귀를 기울였다.

약초장에 가고 싶은데 같이 가자고 하는, 소꿉친구인 약초사 탄다의 부탁을 받아 바르사는 여기 오게 되었다.

초여름에 큰 부상을 입었던 탄다가 완전히 회복할 때까지 함께 있어 주고 싶어서, 바르사는 오랜만에 여름부터 가을에 걸쳐서 느긋하게 탄다와 탄다의 주술 사부인 대주술사 토로가이와 함께 청무 산맥 안에 있는 자그마한 집에서 지냈다.

바르사는 여자의 몸으로 호위무사를 생업으로 삼고 있다.

서른을 몇 해 넘긴 나이가 되자 슬슬 다른 일을 알아봐야 할까 하는 생각을 요 몇 달 동안 해왔지만, 아무래도 이 일 이외에 달리 살아갈 방도를 떠올릴 수가 없었다.

가을이 찾아와 산들이 화려한 치장을 할 무렵이 되자, 어디론가 훌쩍 떠나고 싶은 마음이 가슴에 솟구쳤다. 그 마음을 알아차린 걸까? 탄다는 청무 산맥에서 도보로 열흘은 걸리는 도서가도의 역참마을에 서는 '약초장'에 동행해달라고 부탁한 것이다.

탄다는 한 해도 거르지 않고 이 장을 방문해왔다. 청무 산맥에 있는 자기 집 주위에서 채취한 약초를 정성껏 말리거나 으깨 다른 약초와 섞어서 직접 만든 약을 팔아, 다른 나라에서 들어온 약을 사서 돌아간다.

가게 안에 가득 찬 약초 냄새를 견딜 수 없어, 바르사는 출입문 옆으로 되돌아갔다. 많은 종류의 약초 냄새가 뒤섞인 가게 안의 냄새보다는 말의 땀이나 흙먼지 냄새가 훨씬 견딜 만했다.

출입문에 우두커니 서 있으니 왕래하는 상인들의 대화가 잔물결처럼 밀려왔다가 사라져갔다. 요고어만이 아니라, 이 장 바로 건너편에 국경이 접해 있는 로타 왕국 말, 바르사의 고향인 칸발 말, 남쪽의 산갈 말까지 들려왔다.

바르사는 이제까지 온갖 나라들을 여행해왔기에 이런 말들을 들으면 어디 말인지는 금세 알 수 있으며, 로타 말은 고향인 칸발 말과 매우 비슷해 자유롭게 말할 수 있다.

오가는 사람들을 멍하니 바라보고 있는 바르사 옆을 로타 상인들이 지나쳐 갔다. 상인 두 명이 열서너 살 정도의 소년과 소년의 여동생으로 보이는 소녀를 사이에 두고 걸어갔다.

오빠도 여동생도 눈에 확 띌 정도로 아름다운 얼굴이었지만, 둘 다 애처로울 정도로 깡말랐다. 특히 여동생은 핏기가 없어, 마치 불이 꺼진 촛불처럼 넋이 나간 얼굴이었다.

그 소녀가 돌맹이에라도 걸렸는지 조금 비틀거리자, 옆에서 걷고 있는 상인이 혀를 찼다.

"…똑바로 걸어, 샷토이(들개)."

바르사는 얼굴을 찌푸렸다. 샷토이라는 로타어에는 좋지 않은 기억이 있었기 때문이다.

열 살 무렵에 양아버지 지그로가 로타 상인의 호위무사를 한 적이 있다. 그때 그 주인의 아들이 툭하면 바르사를 '샷토이'라고 부르며 놀렸다.

로타인은 칸발인과 마찬가지로 씨족을 중시해, 어느 씨족에도 속하지 않는 떠돌이를 경멸한다. 지금 생각하면, 그 아이 말대로 그 무렵의 바르사가 형편없는 차림을 하고 있었던 것은 사실이다.

　지그로는 바르사가 배를 곯는 일이 없도록 먹을 것에는 신경을 써줬지만, 여자애의 머리 모양이나 복장 같은 것에는 문외한이었기 때문에 옷은 항상 두 벌밖에 없었으며, 빛이 바래고 여기저기 구멍이 뚫려야만 비로소 새 옷이 필요하다는 데 생각이 미치곤 했다.

　물론 바르사가 옷을 사달라고 하면 지그로도 사주었을 것이다. 하지만 바르사는 자신이 여자애라는 의식이 당시에 머릿속에 전혀 없었다. 머릿속에 있는 것은 한시라도 빨리 지그로와 대적할 정도로 강해져서 아버지의 원수를 갚고 싶다는 간절한 소망뿐이었다.

　가슴속에 항상 분노가 들끓었다. 그 분노에 몸을 내맡겨서는 안 된다는 것을 알게 된 것도 '샷토이'라는 말이 계기가 되었다.

　상인의 아들은 아마도 열네 살 정도가 아니었을까? 키가 이미 어른과 비슷한 정도였다. 왜 그토록 바르사를 눈엣가시처럼 여겼는지 모르지만, 툭하면 바르사를 놀리고 집요하게 괴롭혔다. 주인 아들과 싸워서는 안 된다는 것 정도는 어린 바르사도 알고 있었기에, 꾹 참으며 그 아이가 거기 없는 것처럼 무시함으로써 그럭저럭 지내고 있었다.

그런데 어느 날 한 사건이 일어났다. 추격자가 지그로와 바르사를 발견한 것이다.

바르사의 친아버지 카르나는 칸발왕의 주치의였는데, 왕위를 노리는 왕의 동생 로그삼에게 왕을 독살하라는 명령을 받았다. 만약 거부하면 카르나의 목숨만이 아니라 어린 딸 바르사의 목숨도 없다고 협박했다. 그런 곤경 속에서 카르나는 친구 지그로에게 바르사를 데리고 도망쳐달라고 부탁했던 것이다.

지그로는 '왕의 창'이라는 칸발 최강의 무인집단의 한 사람으로서 존경받고 있었다. 왕궁에서의 지위도 높았다. 하지만 친구의 간절한 부탁에 지그로는 그때까지의 인생의 모든 것을 버리고 바르사를 데리고 도망쳐주었다.

어디로 도망쳐도 추격자는 찾아왔다. 지그로는 강했다. 추격자 그 누구보다도.

하지만 그 추격자들은 '왕의 창'으로서 깊은 유대감으로 맺어져 있던 과거의 친구였기에, 그들을 죽이는 것은 지그로에게 엄청난 고통이었다.

바르사는 어린 나이였음에도 추격자를 죽였을 때의 지그로의 슬픔은 항상 느껴왔다.

그날도 치열한 싸움 끝에 친구를 죽인 지그로는 해 질 녘까지 풀밭에 친구를 매장하고 있었다. 죽인 친구를 매장하는 동안 지그로는 말이 없었다. 피 냄새와, 사투를 목격한 공포로 부들부들 떨면서, 조금 떨어져서 서 있는 바르사에게는 눈길조차 주지 않았다. 그런 때 바르사는 자신이 덧없는 연기처럼 사라져버리는 듯한 쓸쓸함을 느꼈다.

매장을 마치자, 지그로는 피투성이의 상의를 벗어 둘둘 말아서 들었다. 그리고 입을 꾹 다문 채로 걷기 시작해, 당시 숙사로 배정된 상인의 집 뒷마당에 있는 오두막에 도착하자 안으로 들어가서 문을 쾅 닫아버렸다.

바르사는 오두막 밖에 우두커니 서서 닫힌 문을 바라보고 있었다. 뒷마당에 잔뜩 피어 있던 샤라나무의 그림자가 그 문에 비쳤던 것을 똑똑히 기억하고 있다. 가느다란 가지의 그림자가 흔들리는 것을 보면서, 지그로의 슬픔을 생각하고, 무시당한 자신의 슬픔을 주체하지 못하고 있었다.

그런 때에 상인의 아들이 지나갔다. 그도 뭔가 기분 나쁜 일이라도 있었던 것이리라. 멍하니 서 있는 바르사 뒤에 서서 평소처럼 욕을 하면서 침을 뱉었다.

"샷토이, 냄새 나! 뒷마당에 냄새가 퍼지니까 오두막으로 들어가 있어."

그것은 있는 힘껏 사람을 쳐서 때려눕힌 최초의 기억이었다. 그때 단창이 손에 없었던 것이 그나마 다행이었다. 단창이 있었다면 바르사는 그 소년을 찔러 죽였을 것이다.

분노에 몸을 내맡기는 것은 무척 기분 좋은 일이었다. 바르사는 느닷없이 소년의 무릎을 걷어찼고, 쓰러진 소년 위에 올라타서 얼굴이 피투성이가 될 때까지 계속 내리쳤다.

소년의 이가 주먹에 맞아 주먹이 찢어진 것도 못 느낄 정도로 바르사는 흥분해 있었다. 그야말로 들개처럼 낮은 신음 소리를 내며 소년의 얼굴을 두들겨 팼다.

뒤에서 목덜미를 붙잡힌 순간, 바르사는 짐승처럼 몸을 비틀며 뛰어올라 그 손을 물어뜯으려고 했지만, 힘없이 내동댕이쳐져 땅바닥에 곤두박질치고 말았다.

지그로가 오른손으로 바르사의 목을 꽉 붙잡아 땅바닥에 대고 눌렀다.

"…너는 놀림을 받은 정도로 사람을 죽일 생각이냐?"

지그로는 분노로 목소리가 쉬어 있었고, 그때까지 한 번도 본 적이 없는 무서운 표정을 짓고 있었다. 흥분이 단박에 식으며, 바르사는 공포로 움츠러들었다.

무술을 가르쳐줄 때 지그로는 가차 없이 바르사를 내동댕이쳤지만, 평소에 지그로는 화를 낸 적이 없다. 그렇기 때문에 정말로 무서웠다. 바르사는 겁에 질려 지그로를 올려다봤다.

그때의 지그로의 심정을 생각하면 견딜 수가 없어진다. 참으로 어처구니없는 짓을 하고 말았다. 아직 어린 여자애가 분노의 쾌감에 취한 채 피투성이가 된 주먹으로 사람을 치고 있는 광경을 지그로는 어떤 심정으로 쳐다봤을까….

바르사는 가게 앞을 지나쳐 가는 네 사람을 지그시 응시하고 있었다.

샷토이라는 욕을 먹은 어린 여동생의 팔을 오빠가 감싸듯이 부축하며 걸어간다. 그 눈에 떠오른 빛이 바르사의 가슴에 꽂혀 묵직한 통증을 남겼다.

그 모습이 사람들 속에 섞여 사라져가는 것을 눈으로 쫓고 있던 바르사는 누가 어깨를 탁 치는 바람에 제정신으로 돌아왔다. 어느 틈엔가 탄다가 옆에 서 있었다.

"…무슨 일이야? 왜 그렇게 무서운 얼굴을 하고 있지?"

소꿉친구의 온화한 얼굴을 본 순간, 긴장했던 마음이 조금 풀렸다.

"별일 아니야. 약초는 전부 팔렸어?"

"그럼 팔렸지. 제법 좋은 가격으로 사줬어."

바르사가 미소를 지었다.

"잘됐네."

2
'푸른 손'과 보이지 않는 엄니

약초장이 선 역참마을에는 좋은 온천물이 나온다. 온천을 하는 것도 이 장을 찾은 사람들의 즐거움 중 하나였다.

가도를 따라 죽 늘어선 여인숙은 제각기 현관 처마 끝에 검이나 말 표시 같은 것이 그려진 깃발을 달았다. 바람에 나부끼는 그 깃발들을 보면, 나그네들은 그곳에 묵고 있는 손님의 계층을 알 수가 있다. 여인숙은 단순히 머무르기만 하는 곳이 아니라 같은 장사를 하는 사람들끼리 정보교환을 하는 곳이기도 했다.

바르사와 탄다는 장에 도착하자마자 여인숙 중에서도 산기슭 가까이의 가장 외진 곳에 짐을 내려놓고 오늘 밤의 숙박을 약속해두었다. 여기는 떠돌이 곡예사나 주술사 등, 항상 떠돌며 생활하는 자들이 많이 묵는 여인숙이었다.

입구를 들어서자, 넓은 반원형의 석회 바닥에 원숭이가 오도카니 앉아 있었다. 붉은 헝겊 목걸이를 하고 있는 것을 보면 떠돌이 곡예사의 원숭이일 것이다. 묶여 있지 않는데도 얌전히 앉아 있었다.

"어, 귀여운 녀석이 있군."

탄다의 얼굴에 미소가 번졌다. 탄다는 짐승이나 벌레를 무척 좋아한다. 짐승도 그런 사람은 알아보는지, 교활해 보이는 얼굴의 원숭이가 할퀴지도 않고 탄다가 머리 쓰다듬어주는 걸 즐기고 있었다.

이런 때의 탄다의 얼굴은 도저히 서른 살의 사내로는 보이지 않는다. 바르사는 한숨을 쉬고는 기다리다 못해 앉아서 신발을 벗었다. 곧바로 여인숙의 하녀가 발 씻을 물을 가져와주었는데, 온천이 유명한 여인숙답게 그 물은 그냥 물이 아니라 따뜻한 온천물이었다.

"다녀오셨어요? 저녁 식사는 여기서 하실 건가요?"

하녀가 묻자, 바르사가 탄다에게 물었다.

"어떻게 할 거야?"

탄다는 원숭이의 머리를 마지막으로 한 번 쓰다듬어주고서 일어섰다. 그리고 하녀에게 인사를 했다.

"아, 토마 씨. 또 신세 좀 질게요. 오늘 하챠르(버섯의 일종) 튀김 있나요?"

토마가 환하게 웃으며 인사를 했다.

"탄다 씨, 잘 오셨어요. 네, 네. 물론 있죠."

"그럼 여기서 먹자, 응? 여기 음식 맛있거든."

먼저 온천에 들어가서 먼 길 오느라 뒤집어쓴 먼지를 씻어내 말끔해진 두 사람은 복도를 거쳐 식당으로 향했다. 주방과 식당은 불을 쓰기 때문에 다른 건물에서 조금 떨어져 있었다.

해가 이미 저물어 복도를 걷고 있으려니 쌀쌀한 가을바람이 온천물로 달궈진 몸에 닿아 기분 좋았는데, 식당은 난로세 개에 불이 지펴져 있어 연기와 사람의 훈김으로 후텁지근했다.

식탁은 난로를 둘러싸는 형태로 놓여 있었으며, 이미 다양한 나라의 옷을 입은 나그네들이 식사를 하고 있었다.

어디 앉을까 하고 둘러봤을 때, 벽 근처의 식탁에 앉아 있던 중년 남자가 손을 번쩍 들었다.

"…어이! 탄다 씨 아닌가?"

말을 걸어온 남자를 보고 탄다의 얼굴이 반짝였다.

"스파루 씨!"

탄다가 바르사를 돌아봤다.

"로타의 주술사야. 좋은 사람이지. 토로가이 사부님을 따라서 수행을 위해 떠돌아다닐 때 알게 되었어. 토로가이 사부님도 인정하는 사람이야. 저 사람과 함께 밥 먹자."

바르사는 고개를 끄덕이고 탄다 뒤를 따라갔다.

스파루가 자리에서 일어나 두 사람을 맞아주었다. 스파루의 왼쪽 어깨에는 마로라는 종류의 매가 앉아 있었다. 어른 주먹 정도 크기의 자그마한 매였다. 스파루가 일어서도 조각상처럼 움직이지 않았지만, 날카로운 눈이 순간적으로 번뜩였다. 이 새는 밤눈이 어두울 텐데 약간은 보이는지도 모르겠다. 마치 관찰하듯이 탄다와 바르사를 뚫어지게 바라봤다.

스파루는 체구가 작은 사내였다. 여자인 바르사와 키가 거의 비슷할 정도였다. 그의 동작을 보고 바르사는 그가 뭔가 무술을 익힌 사람인 것을 직감했다.

50대일까? 짧게 깎은 머리도 수염도 희끗희끗했지만, 연갈색 눈동자에는 강렬한 정기가 서려 있었다.

스파루와 탄다는 로타풍으로 서로 손목을 붙잡는 식의 인사를 나눴다.

"오랜만입니다, 스파루 씨. 이런 곳에서 만나 뵙다니. 반갑습니다."

스파루는 미소로 탄다의 인사에 답하며 탄다와, 뒤에 서 있는 바르사의 관계를 궁금해하는 듯했다.

보통 사람 같으면 대부분 탄다의 아내나 애인이라고 생각하겠지만, 바르사가 스파루에게서 무인의 냄새를 느꼈듯이 그 역시 바르사에게서 같은 냄새를 느꼈을 것이다.

스파루의 표정을 보고 탄다가 말했다.

"스파루 씨, 내 소꿉친구 바르사입니다. 호위무사를 하고 있으며 단창술사죠."

스파루의 눈이 휘둥그레졌다. 그러더니 유창한 요고어로 말했다.

"…'단창술사 바르사'. 당신이 챠그무 황태자를 구했다는 호위무사로군!

아니, 이럴 수가. 이런 행운을 누리다니. 그건 주술사에게는 매우 흥미로운 사건이었지. 나는 노래 가사로만 들었는데, 오늘 밤은 기필코 자세한 이야기를 듣고 싶군."

예전에 바르사는 탄다와 토로가이의 도움을 받아, 이 신요고 황국의 황태자의 목숨을 구한 적이 있다. 황태자 챠그무는 나유그라고 하는 다른 세계의 정령의 알을 품게 되어, 알을 먹는 마물에게, 그리고 부정 탄 자라는 이유로 아들을 죽이려 하는 황제에게 목숨을 위협받았다.

맛있는 저녁을 먹으면서 세 사람은 활기찬 대화를 이어갔다. 주로 이야기하는 사람은 탄다였고, 바르사는 이따금 대화에 끼어들 정도였지만, 덕분에 스파루를 찬찬히 관찰할 수 있었다.

스파루는 속을 알 수 없는 사내였다. 물론 주술사는 모두 만만치 않은 사람들이다. 그렇지 않으면 사람 마음의 어두운 부분과 관련된 주술을 펼 수가 없다. 스파루에게서는 음습함은 전혀 느껴지지 않았지만, 이따금 던져 오는 날카로운 질문으로 이 사내의 머리가 얼마나 좋은지를 알 수 있었다.

저녁 식사가 끝난 후에도 세 사람은 마라르라는 과실주를 마시며 얘기를 계속했다.

화제는 어느 틈에 얼마 전에 로타 왕국에서 일어난 기괴한 사건으로 옮겨 갔다. 적의 습격을 알리는 전갈이 오고 나서 장군이 도착하기까지의 고작 반 크룬(약 30분) 사이에 죄수도 간수도 모두 몰살당했다는 신타단 감옥의 무시무시한 이야기였다.

"반 크룬이라면 반 단 정도인가? 그런데 습격한 적의 흔적조차 없었다니…."

탄다가 중얼거리자, 스파루가 잔을 비우고 식탁 위에 탕 하고 놨다.

"나는 그때 우연히 신타단 옆에 있는 마칼 성채에 있었지. 지원군으로 갔던 기마대는 모두 용감한 무인들이었는데, 마칼 성채에 돌아왔을 때는 뼈까지 얼어붙은 것 같은 얼굴을 하고 있었다네.

나는 곧바로 신타단 감옥으로 가봤는데… 그건, 그 광경은…."

스파루는 무의식중에 잔을 만지작거리면서 속삭이듯이 말했다.

"이 세상의 광경으로는 생각할 수가 없었네. 처음에는 늑대 짓으로 보였지만… 상처 부위 등으로 봐서는… 그러나 곧바로 그건 이 세상에 사는 존재의 짓이 아니라고 확신했네."

그렇게 말하고 스파루는 주술 기법에 관한 이야기를 하기 시작했다. 어떤 기법을 써서 개의 눈에 새겨진 광경을 봤다거나 하는 식의 이야기였다. 탄다는 잘 아는 이야기인 듯 몸을 쭉 빼고 들었지만, 바르사는 지루한 이름의 주술 기법 같은 것은 전혀 몰랐기 때문에 한눈을 팔게 되었다.

실내에는 식사를 하는 사람의 모습은 줄었지만, 바르사 일행처럼 술을 마시는 사람들이 몇몇 모여 있었다.

별생각 없이 실내를 둘러보던 바르사는 맞은편 구석에 앉아 있는 네 명의 남자에게 시선을 멈췄다. 기분 나쁜 냄새라도 맡은 것처럼 바르사는 살짝 얼굴을 찌푸렸다.

이쪽을 바라보고 앉은 두 사람은 낮에 깡마른 소녀를 '샷토이'라고 욕하던 그 상인이었다. 바르사가 얼굴을 찌푸린 것은 그 상인들이 머리를 맞대듯이 하고서 얘기하고 있는 상대도 본 기억이 있어서다.

'…저 녀석들은 '푸른 손'이다.'

호위무사 일을 하다 보면 어쩔 수 없이 뒷골목 세계에 빠삭해진다. 지저분한 장사를 하는 사내들의 얼굴도 자연스레 기억하게 된다. 옆얼굴이 보이는 저 사내는 분명히 요고인의 인신매매 조직 '푸른 손'의 일원이었다. 몇 년 전에는 도읍에서 활개 치던 사내다.

신요고 황국에서는 사람을 사고파는 것을 금지하고 있다. 그러나 실제로는 돈이 궁해 아이를 파는 사람이 끊이지 않는다. 다른 사람의 아이를 유괴해 '푸른 손'에게 파는 사람도 있다. 때로는 이웃 나라에서 상인들이 돈벌이를 위해 아이를 팔러 오는 경우도 있다.

낮에 본 그 소녀의 아름다운 얼굴을 떠올리고 바르사는 가슴 밑바닥이 묵직해지는 것을 느꼈다.

남의 일이다. 팔리는 아이는 수없이 많다. 그렇게 생각했지만 일단 신경이 쓰이기 시작하자, 그 소녀가 앞으로 겪게 될 운명을 머리에서 떨쳐낼 수가 없었다.

방 건너편에서 남자들이 잔을 놓고 일어섰다.

"…잠깐 실례할게."

바르사는 이야기에 열중해 있는 두 사람을 남겨두고 자리에서 일어섰다.

⊱✳⊰

치키사는 핏기가 없는 여동생의 차가운 손을 열심히 문지르고 있었다.

자신들을 끌고 온 상인들은 요 며칠 먹을 것을 듬뿍 먹여주었고, 오늘 밤도 이제까지 먹어본 적이 없을 정도로 맛있는 요리를 먹여주었다. 이렇게 고기랑 기름이 들어간 요리는 먹은 적이 없었기에 배가 더부룩해 괴로울 정도였다.

배가 묵직한 것은 음식 탓만은 아니다. 저 상인들이 무슨 생각을 하고 있는지 치키사는 훤히 꿰뚫고 있었기 때문이다.

놈들은 아스라를 팔려는 것이다. 자신들의 노예로 삼기 위해 데리고 온 것이 아니라 아스라의 예쁜 얼굴을 보고 상품으로 만들 생각을 한 것이리라.

원래 이 시장에 용무가 있었겠지만, 국경을 넘어서 신요고 황국으로 들어오면 요고인은 치키사와 같은 '타르의 민족'에게 로타인처럼 특별한 감정을 갖는 일도 없으니까 비싸게 팔

수 있다고 생각한 것이다.

저 상인들에게 끌려올 때부터 이렇게 되리라는 것은 알고 있었다. 하지만 그때는 여하튼 그 자리에서 도망쳐야만 했다. 그대로 거기 있었다면 길에서 쓰러져 죽었거나 로타 병사에게 붙잡혔을 것이다.

어머니가 처형되던 순간이 떠오르며 가슴이 찢어질듯이 아파 왔다. 치키사는 이를 악물고 그 통증을 견뎠다.

지금은 어머니 생각을 하며 울고 있을 틈이 없다. 여동생 아스라 생각을 해야만….

왜 이런 끔찍한 일이 벌어진 걸까? 어머니는 왜 아스라에게 그런 짓을 한 걸까? 왜 그런 무시무시한, 천벌 받을 짓을….

눈을 요상하게 번뜩이며 아스라의 머리를 쓰다듬던 어머니의 표정을 떠올리고 치키사는 몸을 떨었다.

'두려워하지 않아도 된다. 잘못하고 있는 건 다른 사람들이니까.

너무 강렬한 빛은 사람의 눈을 멀게 하거든. 빛을 보고 있는데도 어둠을 보고 있다고 믿지. 그것과 마찬가지야. …다른 사람이 잘못하고 있는 거야.'

어머니는 되풀이해서 그렇게 중얼거렸고 아스라도 그 말

을 믿는 것 같았지만, 치키사는 아무래도 어머니의 말을 믿을 수가 없었다.

게다가 아스라가 초래한 끔찍한 비극을 목격하고 만 후에는 더더욱 믿을 수가 없었다.

그때 이후로 아스라는 한마디도 말을 안 한다. 음식을 입에 넣어주면 먹고, 변소에도 혼자서 간다. 밤이 되면 자고, 아침이 되면 눈을 뜬다. 하지만 마치 잠든 채로 움직이는 것처럼, 말을 하지도, 치키사를 보지도 않았다.

이따금 치키사가 잡고 있는 손을 꽉 잡을 때가 있으니까 혼은 몸 안에 있는 거겠지만….

불쌍한 아스라. 종종 놀리기도 하고 싸우기도 했지만 지금은 동생이 가여워서 견딜 수가 없었다.

어머니는 죽어서 이제 돌아갈 곳도 없다.

덫을 놓아 사냥을 하는 덫사냥꾼이었던 아버지 맛카라가 5년 전에 늑대떼에게 당해 죽기 전에는 아버지, 어머니, 아스라와 함께 평범하게 살았는데, 지금은 동생과 단둘만 남고 말았다.

아스라를 지킬 수 있는 것은 치키사뿐이다. 하지만 치키사는 너무나도 무력했다.

'이제부터 어떻게 될까?'

자신이 좀 더 나이가 많았다면 동생을 데리고 도망쳐 살아남을 수도 있었을 텐데. 뭔가 다른 길을 찾을 수 있었을지도 모르는데.

그때 방 밖에서 상인들의 목소리가 들려오고 문의 자물쇠를 여는 소리가 들렸다. 상인들만이 아니라 무서운 눈을 한 사내 둘이 들어오는 것을 보고, 치키사는 두려워하던 순간이 온 것을 알아차렸다.

"…어떠신가요?"

로타인 상인이 요고인을 돌아봤다. 요고인은 목 안에서 신음하는 듯한 소리를 내며 치키사와 아스라에게 다가왔다. 그리고 천천히 몸을 구부리더니 손을 뻗어 아스라의 턱을 들어 올렸다. 치키사가 그 손을 쳐내려고 하자, 사내는 치키사를 쳐다보지도 않고 느닷없이 주먹으로 후려갈겼다.

치키사는 뒤로 나동그라지며 머리 뒷부분을 벽에 부딪혔다. 머리가 띵하며 눈앞이 캄캄해졌다.

인형처럼 멍해 있던 아스라의 얼굴이 그때 돌연 일그러졌다.

아스라는 이제까지 계속 반수면 상태였다. 어슴푸레하고 고요한 시냇물 속에 있으며, 그 매끄러운 수면 너머로 오빠의 얼굴이나 바깥 풍경을 멍하니 바라보고 있었다.

그런데 오빠의 신음 소리를 들은 순간, 마음속에서 뭔가가 꿈틀거려 물결에 떠밀리기라도 한 듯이 정신이 번쩍 들었다.

처음 보는 사내의 얼굴이 눈앞에 있었다. 핥듯이 자신의 얼굴을 보고 있었다. 그 눈은 끔찍하게 무서웠다.

"…흠. 뭐, 은화 세 닢 정도로군."

사내가 나지막이 말하자, 뒤에 서 있던 로타인 상인이 웃음을 터뜨렸다.

"아니, 그런 식의 흥정은 관두죠. 아까 말씀드렸지 않습니까? 이렇게 예쁘게 생긴 아가씨를 모으는 방법을 우리는 알고 있거든요. 이제부터 오래 거래할 거니까 후하게 쳐주시지요."

그러자 무서운 눈을 한 사내가 일어서서 상인을 돌아봤다. 동작이 느리니까 오히려 더 무서웠다.

"은화 세 닢이다. 안색이 너무 나쁘다. 아무리 얼굴이 예쁜 아가씨라도 금세 죽으면 말짱 도루묵이다."

상인은 뜻한 표정으로 입을 다물고 있다가 곧바로 치키사를 가리켰다.

"그럼 저 아이의 오빠도 붙여드리죠. 처음에 금화 한 닢이라고 하신 말씀을 지켜주시지요."

무서운 눈을 한 사내는 눈도 깜빡이지 않고 허리에 찬 칼에 손을 가져갔다.

"말라깽이 꼬맹이 따위는 필요 없다. 더 이상 억지 부리면 금화가 아니라 가슴에 칼날을 품게 해주지."

아스라는 그들의 대화를 듣고 있다가 그제야 지금 무슨 일이 일어나고 있는지를 깨닫고 눈을 크게 떴다. 이 사내들은 자신들을 사고파는 이야기를 하고 있다…!

치키사는 거의 정신을 잃은 상태였다. 상인들의 목소리도 희미하게밖에 들리지 않았다. 로타 상인들이 소곤거리며 상의를 하더니 체념하고 은화 세 닢을 받을 무렵에야 간신히 사물이 보였다. 머리가 깨질 듯이 아팠다. 얻어맞은 코가 잔뜩 부어 숨 쉬기가 힘들어서 치키사는 입을 벌리고 숨을 쉬었다.

아스라는 오빠의 신음 소리를 듣고 얼른 오빠를 돌아봤다.

"오빠…."

요고인 사내가 아스라의 팔을 붙잡았다. 아스라는 새소리와도 같은 비명을 지르며 치키사에게 매달리려고 했다.

"오빠! 오빠!"

치키사는 필사적으로 동생의 손을 붙잡아 끌어당기려고 했지만, 또 다른 요고인 사내가 치키사의 배를 사정없이 걷어차 쓰러뜨렸다.

아스라의 가슴에서 뭔가가 꿈틀거렸다.

'오빠를 차다니…!'

아스라 목구멍 속에서 울음소리가 나기 시작했다.

공포와 증오로 온몸이 타오르듯이 뜨거워져 갔다. 가슴이 부글부글 끓는 것 같았다. 가슴에서 뜨거운 것이 목으로 솟구쳐 올라왔다.

어둠의 저편으로부터 빛이 비쳐 온 느낌이 들었다. 아스라는 어둠 끝에서부터 자신의 몸속으로 깊숙이 흘러들어 오는 '강물' 소리를 온몸으로 듣고 있었다. '강물' 소리가 점점 커졌다. 공포와 분노에 밀려서 뭔가가 밖으로 튀어나오려고 했다.

다른 누구의 눈에도 보이지 않았지만, 아스라는 목 부근에서 번쩍이는 빛의 고리가 떠오르는 것을 느꼈다. 그 고리에서 피 냄새와 비슷한 냄새가 몸속으로 스며들어 퍼져갔다.

그 냄새에 이끌려서 꿈틀거리는 뭔가가 요란한 소리를 내며 흐르는 '강'을 따라 내려온다.

'…신령님이시여. 신령님이시여.'

후… 후… 후… 짧고 가쁘게 숨을 쉬며 아스라가 사내를 올려다봤다. 아스라의 눈이 뒤집히는 것을 보고 치키사의 얼굴에서 핏기가 사라졌다. 치키사는 황급히 동생을 끌어안

왔다.

"안 돼! 아스라, 안 돼!"

요고인 사내는 미지근한 바람이 훅하고 얼굴에 불어온 느낌이 들어 눈을 가늘게 떴다.

다음 순간 바람은 얼음처럼 차가워졌다.

바르사는 숨을 죽이고 복도에 서 있었다.

여인숙 방은 좁다. 게다가 안에는 아이를 포함해 사람이 여섯이나 있다. 민첩하게 움직이기는 어려울 것이다. 섣불리 뛰어들었다가는 네 남자들을 쓰러뜨리기 전에 누군가가 아이를 인질로 삼을지도 모른다.

바르사는 '푸른 손' 2인조가 아이를 복도로 데리고 나오는 순간을 기다리고 있었다. 방에서는 높고 날카로운 상인의 목소리와 낮게 깔린 '푸른 손'의 흥정이 어렴풋이 들려왔다.

이윽고 여자아이의 비명 소리가 들렸다. 오빠를 부르는 소리를 들으면서, 바르사는 단창을 쥔 손에 힘을 주었다.

그때였다. 바르사의 팔에 오싹 소름이 돋았다.

자신이 뭘 느꼈는지 알 수 없었지만, 다음 순간 방 안에서 비명들이 뒤섞여서 들려왔다.

누군가가 방문에 부딪혔고, 문짝째로 복도로 날아왔다.

사내의 목에서 나온 피가 천장까지 튀어, 바르사는 재빨리 복도 난간을 뛰어넘어 중정으로 뛰어내렸다. 그러자 난간이 갑자기 싹둑 잘려 나갔다. 마치 눈에 보이지 않는 거대한 낫으로 잘린 듯한 느낌이었다.

아무것도 보이지 않았지만, 바르사는 뭔가가 자신을 향해 날아오는 것을 느끼고 가까스로 그것을 막아냈다.

생각할 틈은 없었다. 기척에 반응해 몸의 움직임에 맡기고, 바르사는 오로지 눈에 보이지 않는 뭔가를 계속 피했다. 목으로 공격해 오는 엄청난 속도의 창끝을 몇 번이고 막아낸, 온몸에 밴 경험이 가까스로 바르사의 목숨을 구했다.

하지만 엄청난 속도로 움직이는, 눈에 보이지 않는 존재를 계속 피하는 것은 신경을 곤두세워야 하는 기술이었다. 아무리 경험 많은 바르사라 해도 금세 호흡이 흐트러져 왔다.

목을 팔로 감싼 순간, 손목에 차가운 기척을 느꼈다.

'손목이 잘리겠구나…!'

얼른 손을 옆으로 내려 손목을 감싸려고 한 순간, 옆구리에 차가운 것이 지나가더니 그 부분이 화끈거렸다. 바르사는 땅바닥에 쓰러져 복도 밑으로 굴러떨어졌다. 하지만 그것은 거기로도 쫓아왔다….

얼굴을 보호하려고 손으로 덮고는 힘을 꽉 쥐었다. 하지만 아무리 시간이 지나도 아무것도 손을 공격해 오지 않았다.

거친 숨을 쉬면서, 바르사는 얼굴에서 손을 살짝 떼었다. 손이 덜덜 떨고 있었다.

이가 딱딱 부딪치기 시작했다. 아무리 참으려 해도 참을 수가 없었다.

바르사는 자신의 몸을 꽉 끌어안고서 떨리는 것을 진정시키려 했다. 목숨을 건 싸움을 처음 했을 때처럼 몸이 뼛속부터 떨리기 시작해 진정시킬 수가 없었다.

'눈을 꽉 감아라.'

귓속에서 지그로의 말이 들렸다.

'숨을 세어라. 하나, 둘, 셋….'

여덟까지 세었을 때, 마침내 몸의 떨림이 가라앉기 시작했다. 그러면서 옆구리의 상처에서 심한 통증이 느껴지기 시작했다.

몸 위에 있는 복도를 한가롭게 걸어가는 몇 개의 발소리가 가까워졌다. 바르사는 이를 악물고 상처를 감싸면서 복도 아래에서 기어 나와 일어섰다.

"…바르사?"

탄다가 놀라서 난간에서 몸을 내밀고 의외의 민첩한 움직임으로 난간을 뛰어넘더니, 안마당으로 내려서서 바르사의 몸을 부축했다. 바르사의 손이 너무 차가워 탄다는 깜짝 놀랐다. 바르사의 얼굴에는 핏기가 없었고, 식은땀이 흥건했다.

옆구리의 상처를 대충 살펴보고 나서, 탄다는 바르사를 부축해 복도로 올라가는 것을 도와주었다. 복도는 사람으로 가득 차 있었지만, 바르사와 탄다가 올라오자 조금 옆으로 비켜주었다.

문득 바르사는 등 뒤에서의 시선을 느끼고 돌아봤다.

그러나 안마당에도 건너편 복도에도 사람의 모습은 없었다. 누군가가 보고 있다는 느낌은 사라지지 않았지만, 그 시선의 주인을 찾아낼 수는 없었다. 신경은 쓰였지만 적의는 느껴지지 않았기에, 바르사는 눈앞에서 일어나고 있는 것에 주의를 돌렸다.

몸집이 작은 여자가 웅크리고 앉아서 복도에 쓰러져 있는 남자의 사체에 난 목의 상처를 살펴보고 있었다. 문짝이 떨어져 나간 방 안에서는 어깨에 마로매를 얹은 스파루의 뒷모습이 보였다.

바르사가 상처를 손으로 누르면서 출입문에 기대어 안을 들여다보자 스파루가 돌아봤다. 스파루는 심각한 표정으로 안에 쓰러져 있는 세 남자의 사체를 가리켰다.

"모두 목을 물어뜯겼다. …신타단 감옥의 사체들과 똑같다."

스파루가 바르사를 응시했다.

"…도대체 무슨 일이 일어난 거지?"

바르사는 그 말에는 대꾸하지 않고, 방구석에 웅크리고 있는 오누이에게 시선을 멈췄다.

두 사람은 초점이 없는 눈을 하고서 서로 꽉 끌어안고 있었다. 자세히 보니 오빠가 축 늘어진 여동생을 안고 있었다. 그 오빠의 손에서 피가 흐르는 것을 발견하고, 바르사는 두 사람 곁에 주저앉았다.

이마에 손을 대자, 소년이 흠칫 놀라며 눈을 들었다. 그리고 크게 숨을 들이쉬고, 이를 딱딱 부딪치며 떨기 시작했다. 깡마른 얼굴에 커다란 눈만 번뜩였다. 소년은 여동생을 감싸듯이 끌어안고 뒷걸음질을 쳤다.

바르사는 아무 말도 하지 않고 그저 소년을 응시하고 있었다. 서로 응시하는 사이에, 소년의 눈 속에 담긴 격렬한 적의가 조금씩 누그러져가더니 두려움만이 남았다.

소년은 필사적으로 떨지 않으려고 애썼지만, 몸에 힘을 주면 줄수록 더욱 심하게 떨려, 안겨 있는 여동생의 축 늘어진 가녀린 손이 바닥을 쓸며 흔들렸다.

바르사는 살며시 손을 뻗어 소년의 땀에 젖은 머리카락을 쓰다듬더니 천천히 소년의 머리를 안았다. 소년의 떨림이 진정될 때까지 바르사는 그대로 움직이지 않았다.

3
불길한 아이들

바르사의 옆구리 상처는 짐승에게 물어뜯긴 상처와 무척 비슷했다. 탄다가 상처를 약초로 잘 씻어내고 능숙한 솜씨로 꿰매주었지만, 곧바로 고열이 나기 시작했다.

열이 오르는 것을 느끼자, 바르사는 이부자리 옆에 앉아 있는 탄다의 손을 붙잡았다.

"왜?"

놀라서 탄다가 몸을 숙이자, 바르사가 쉰 목소리로 속삭였다.

"…그 아이들은?"

"아, 걱정하지 않아도 돼. 오늘 밤은 약초사가 둘이나 머물고 있어서 조금 전에 같이 처치를 마쳤으니까. 오빠 되는 애의 손 상처는 너하고 무척 비슷해. 역시 열이 나는 상태지."

바르사가 탄다의 손을 꼭 잡았다.

"…그 두 아이한테서 눈을 떼지 마. 그리고 이 방에는 아무도 들여보내지 말고."

"뭐? 왜…."

"열에 들떠서 하는 헛소리를 다른 사람이 듣는 게 싫거든."

탄다는 아무것도 묻지 않고 고개를 끄덕였다. 그것을 보고 바르사는 휴우 하고 한숨을 쉬더니 눈을 감았다.

다음 날 아침 해가 중천에 떠오를 때까지 바르사는 정신없이 계속 잤다. 깨어났을 때는 현기증이 심해 주위가 천천히 돌았지만, 탄다가 준 약초 든 미음이 배 속으로 들어가자 조금씩 기력이 돌아왔다.

"스파루가 너한테 한시라도 빨리 묻고 싶은 말이 있다는데…."

바르사는 미음 사발을 바닥에 놓더니, 등을 벽에 기댄 채로 힘없이 고개를 끄덕였다.

곧바로 탄다가 스파루를 데리고 왔다.

"괜찮은가?"

"…걱정을 끼쳐드렸지만, 이제 괜찮습니다."

"그거 다행이군. 역시 보통 사람과는 체력이 다르군."

스파루는 요고인처럼 책상다리를 하고 앉았다.

"간밤에 무슨 일이 일어난 건지 얘기해주지 않겠나?"

바르사는 지그시 스파루의 얼굴을 보고 있다가, 이윽고 입을 열었다.

"…그 방 앞을 지나쳐 가려 했을 때 갑자기 비명 소리가 들리더니 문짝째로 어떤 남자가 복도로 쓰러졌어요. 목의 급소에서 피가 흘러나오고 있었죠.

재빨리 안마당으로 도망쳤지만, 뭔가의 공격을 받아 옆구리가 찢어진 겁니다."

스파루가 상체를 앞으로 쑥 내밀었다.

"무엇이? 무엇이 공격한 거지?"

바르사가 고개를 저었다.

"모르겠어요. 무시무시한 기척은 있는데도 모습은 전혀 보이지 않았거든요."

스파루가 미간을 찌푸렸다.

"그렇군…. 그거 유감이로군. 그것에게 당하고 살아 있는 자는 당신뿐이어서 정체를 알아낼 수 있을 거라고 생각했는데…."

그렇게 말하고 스파루가 바르사의 옆구리를 쳐다봤다.

"그런데 다른 사람들은 모두 목을 당했는데, 왜 당신만 옆구리를 당한 거지?"

"말씀대로 목을 노리더라고요. 목을 손으로 감싸려고 했더니, 순간 손목을 노리는 기척을 느꼈지요. 손목을 옆구리에 대고 공격을 막으려는 순간, 옆구리를 당했어요. …그것은 아마도 피를 원하는 것 같았어요."

"그렇군. 목에도 손목에도 커다란 혈관이 있고, 게다가 옷으로 가려 있지 않은 부분이니까. 그렇지만 왜 당신이 공격을 받았을까? 그리고 왜 목숨을 부지한 걸까?"

"글쎄요."

냉담한 바르사의 대답을 듣고, 스파루가 눈을 가늘게 떴다.

"…왜 단창을 들고 복도를 걷고 있었지? 함께 술을 마실 때는 들고 있지 않은 것 같은데."

바르사는 말없이 어깨를 으쓱했다.

스파루는 지그시 바르사를 응시하더니, 이윽고 몸조리 잘하라는 말을 하고서 일어섰다.

그가 방을 나가고 발소리가 멀어져가자, 뒤에서 팔짱을 끼고 잠자코 듣고 있던 탄다가 팔짱을 풀었다.

"왜 스파루를 경계하는 거지?"

"나도 잘 모르겠어. …하지만 그 순간 뭔가 이상한 느낌이 들었거든. 그는 사체가 뒹굴고 있는 방 한가운데에 서서 사체의 상처를 보고 있었어.

너 같으면 우선 방구석에서 부둥켜안고 있는 아이들부터 살펴보지 않았을까? 하지만 그는 아이들에 대해서는 전혀 신경도 쓰지 않았어.

게다가 지금 그것의 공격을 받고 살아남은 자는 나 혼자라고 했지만, 그 소년도 살아남았잖아. 왜 그는 그 아이들을 그런 식으로 취급하는 거지…?"

그때 눈앞에 은색 빛이 반짝이며 흩어지는가 싶더니 귀에서 윙윙거리는 소리가 나며 갑자기 기분이 나빠졌다. 바르사는 쓰러지듯이 이부자리에 누웠다.

정신을 차리고 보니 탄다의 얼굴이 눈앞에 있었다. 평소의 느긋한 표정이라곤 찾아볼 수 없는 어두운 눈으로 지그시 바라보고 있었다. 바르사가 입술에 미소를 띠었다.

"…괜찮아. 혈압이 떨어졌을 뿐이니까."

눈을 깜박이며 탄다가 나지막이 말했다.

"왜 이렇게 불안할까? 불길한 예감이 들어서 견딜 수가 없어. …어제 네 손을 만졌을 때 무척 차가웠어. 그런 네 표정을 본 것도 처음이야."

그렇게 말하고 탄다는 살며시 손을 뻗어 조심스럽게 바르사의 뺨에 갖다 댔다. 그리고 무서울 정도로 진지한 눈으로 바르사를 응시하고는 속삭였다.

"…그 아이들한테 엮이지 마."

바르사는 뜻밖의 탄다 말에 놀라 눈을 크게 떴다.

"뭐라고?"

"네가 그 아이들을 염려하는 것은 잘 알아. 하지만 말이야, 나도 주술을 좀 알잖아. 그 아이들이 뭔가 이상하다는 것 정도는 알 수 있어."

바르사가 쓴웃음을 지었다.

"너답지 않은데. 곤경에 처해 있는 아이를 내버려두라는 거야?"

탄다가 웃지도 않고 말했다.

"스파루가 그 아이들을 보지 않았던 심정을 나는 이해할 수 있어. 그 아이들한테서 감도는 '죽음의 냄새'는 심상치 않아. 나는… 무서워."

바르사는 뺨에 닿은 탄다의 손가락이 떨고 있는 것을 느꼈다.

"거기서 무슨 일이 일어났는지 모르겠지만, 상인들은 눈 깜짝할 사이에 살해당했고, 밖에 있던 아무 관계도 없는 너까지 이 지경이 되었는데도, 여자애는 아무런 상처도 안 입었어. 남자애의 상처도 네 상처에 비하면 가벼운 것이고."

탄다가 숨을 들이마셨다.

"여자애의 혼에 접촉하려고 했을 때, 나는 오싹 소름이 돋았어. 뭐라고 형용할 수 없을 정도로 무서워서, 다시 떠올리기만 해도 몸이 떨려 와.

나는 아직 미숙하지만, 저주받은 자나 악령에 씐 자를 여러 명 봐왔어. 하지만 그 아이에게서 느껴지는 기척은 그것과는 전혀 다른 것이었어. 이런 경험은 처음이야.

단지 어떤 예감만 들 따름이야. 그 아이는 위험해. 무척이나….

잔인한 말 같지만, 그 아이들은 불치의 돌림병에 걸린 거나 마찬가지 상태야. 주변 사람들에게도 죽음을 퍼뜨려갈 것 같은 느낌이 들어."

탄다는 입을 다물고, 그리고 쥐어짜내듯이 말했다.

"그러니까 함부로 엮이지 않았으면 해. 나는… 너를 잃고 싶지 않으니까."

탄다의 목소리에 담겨 있는 것이 바르사의 가슴을 쳤다. 바르사는 살며시 손을 뻗어 탄다의 얼굴을 끌어당기더니 입가에 입술을 댔다. 그리고 쉰 목소리로 속삭였다.

"나는 그렇게 쉽게 죽지 않아. 토로가이 사부님만큼 장수할 테니까 염려 마."

스파루가 방으로 들어가서 손을 뒤로 돌려 문을 닫자, 젊은 여자가 얼굴을 들었다. 어젯밤에 복도에 있던 사체의 상처를 살펴보던 여자였다. 작고 단단한 몸집을 하고 있으며, 눈언저리가 스파루를 무척 닮았다.

이목구비가 또렷한 그 얼굴은 아름다웠지만, 어딘지 무서운 느낌을 주었다. 조금 떨어진 곳에서 모든 것을 바라보고 있는 듯한, 독특한 시선 탓인지도 모른다.

"…그 여자가 뭐라고 했어?"

스파루가 부드러운 깔개 위에 앉았다.

"별다른 얘기는 못 들었다."

스파루가 바르사한테 들은 이야기를 간단히 들려주었다.

"너는 뭔가 알아냈느냐?"

"죽은 상인의 동료들은 어젯밤에 도망쳤어. 관리들이 오기 전에. 관리가 여인숙 사람들에게 얘기하는 것을 엿들었는데, 그들과 함께 살해당한 자들은 '푸른 손'이라고 하니까, 위험한 장사를 하는 것이 들통나기 전에 도망친 거겠지."

스파루는 아아, 하고 고개를 끄덕였다.

"그렇군. 어쩌면 바르사는 '푸른 손'을 알아봤을지도 모르겠군. 그런 일을 하다 보면 인신매매를 생업으로 삼는 자의 얼굴은 잘 알고 있을 테니까. 그렇다면 단창을 들고 녀석들 방 옆에 있었던 이유를 알겠군."

스파루는 '타르의 민족' 소년의 머리를 안고 있던 바르사의 모습을 떠올리고 쓴웃음을 지었다.

"거칠어 보여도 결국 여자로군. 아이를 보면 보호하고 싶어지나 보구나."

젊은 여자는 고개를 숙이고 생각에 잠겨 있다가 잠시 후에 고개를 들어 스파루를 쳐다봤다.

"…아버지. 그 아이가 정신을 잃었을 때 혼을 묶어버리는 게 좋겠어. 저절로 깨어나는 일이 없도록 한시라도 빨리."

스파루가 눈썹 언저리를 찡그리며 딸을 봤다.

"시하나, 무서운 말을 쉽게도 하는 아이로구나, 너는."

"서두르는 편이 좋아. 그 아이가 깨어나면 함부로 손을 댈 수가 없으니까."

스파루가 턱수염을 긁었다.

"…하지만 주술을 거는 것도 그리 쉬운 일은 아니다. 여기서 주술을 걸면 아무리 병으로 위장해도 탄다라면 반드시 알아차릴 거다."

시하나가 표정을 움직이지 않고 조용히 말했다.

"아무런 권력도 없는 약초사한테 발각된들 무슨 문제가 되겠어."

스파루의 얼굴이 엄해졌다.

"그렇지 않다. 탄다는 저래 보여도 상당히 재능이 있는 주술사이고, 그의 사부인 토로가이는 요고에서 가장 힘 있는 주술사다. 우리와 달리 요고 주술사들은 횡적인 유대관계는 약하지만, 입을 막기 위해 탄다를 죽이기라도 했다가는 자칫하면 요고 주술사들을 적으로 돌리는 꼴이 된다."

시하나가 입을 다물고 눈을 가늘게 떴다.

스파루는 시하나가 왼손의 엄지와 검지를 미세하게 움직이는 것을 발견했다. 이것은 시하나가 뭔가를 집중해서 생각할 때의 버릇이었다. 시하나는 그녀가 타아루즈(놀이판을 사용하는 경기)를 할 때처럼, 멍하니 허공을 응시하고 있었다.

타아루즈는 상대의 생각을 몇 수 앞서 읽어 많은 말을 사용해 복잡한 도형을 만들어가는 난해한 경기로, 로타의 왕족이나 영주들이 전략에 대한 감을 익히기 위해 즐긴다.

시하나는 이 경기의 천재로 불려, 열두 살 때부터 져본 적이 없다.

언젠가 스파루가 딸에게 승리의 비결을 물은 적이 있다. 그러자 시하나는 태연하게 이렇게 말했다.

'자신이 승리하는 상황을 미리 상상해두는 거야. 그런 다음

자신의 움직임으로 상대를 그런 상황으로 끌어가는 거지. 그것뿐이야.'

그 말을 들었을 때의 두려움과도 비슷한 놀라움은 지금도 스파루의 가슴속에 깊이 새겨져 있다.

딸의 흐릿한 눈동자 속에 어떤 생각이 담겨 있는지 궁금해하며 스파루가 덧붙였다.

"탄다와 바르사만 문제가 아니다. 그 여자애의 혼이 지금 어떤 상태인지 모르는 이상 주술을 써서 혼에 접촉했을 때 무슨 일이 일어날지 모른다. 너무 위험하다."

시하나가 잠시 스파루 쪽을 보더니 고개를 끄덕이고 벌떡 일어섰다.

"그럼 마크루 일당을 즉시 모이게 해야겠다. 그들은 아마 요모의 역참 근처까지 와 있을 테니 내가 말 타고 마중 나가면 늦어도 사흘 후에는 돌아올 수 있어."

그렇게 말하고 나서 문득 생각난 듯이 시하나가 아버지에게 물었다.

"그때까지 아버지 혼자 있게 되는데 괜찮겠어?"

스파루는 딸을 흘겨보더니 빨리 가라고 턱을 살짝 치켜올렸다.

딸이 나가자, 스파루는 자물쇠를 채운 선반에 넣어둔 짐을 끄집어내서 안에서 작은 주머니를 꺼냈다. 그 주머니를 갖고 복도로 나가더니 '타르의 민족' 오누이가 잠들어 있는 방으로 향했다.

방 밖에 서서 두 아이가 잠든 것을 확인하고 나서 스파루는 살며시 방 안으로 들어갔다.

창의 덧문이 내려져 있어 방 안은 어두침침했다. 시르야라는 요고식 침구에 싸여 잠든 자그마한 몸체 쪽으로 스파루는 발소리를 죽이고 다가갔다.

여동생은 벌렁 드러누워 있었고 숨소리조차 거의 들리지 않았지만, 오빠는 땀에 흠뻑 젖어 괴로운 듯이 뒤척이고 있었다.

그런 소년 옆에 우두커니 서서 스파루는 품에서 자그마한 주머니를 꺼냈다. 그러고는 주머니 안에 손을 넣어 가루를 움켜쥐더니 엄지와 검지로 문지르기 시작했다. 그러자 그의 손가락 사이에서 보랏빛 연기가 약하게 피어오르더니, 달콤한 향기가 방에 퍼졌다.

스파루가 입 속에서 뭐라고 중얼거리자, 그 가느다란 연기는 마치 살아 있는 물체처럼 굽이돌아서 소년의 이마를 향해 내려갔다.

치키사는 꿈을 꾸고 있었다. 어젯밤의 끔찍한 일부터 시작해, 대상들에 섞여서 생활한 요 며칠 동안 있었던 일로 장면이 정신없이 바뀌어갔다. 시간을 거슬러 올라가 결코 떠올리고 싶지 않은 장면이 눈앞에 나타나자, 치키사는 몸을 비틀며 괴로워했다.

꿈을 꾸고 있다는 것은 알고 있었다. 어떻게든 깨어나려고 했지만, 누군가의 목소리가 집요하게 과거의 기억을 계속 물어 깨어나게 놔두지 않았다.

그 목소리에 저항하며 묵직한 눈꺼풀을 필사적으로 들어 올리려고 하다가, 가까스로 살짝 눈꺼풀이 올라가 옆에 앉아 있는 남자의 모습을 볼 수가 있었다.

"…끈질기군."

남자가 중얼거리더니 살짝 미소를 지었다. 그리고 일어서서 방을 나갔다.

치키사는 가쁘게 숨을 쉬면서 남자가 나간 쪽을 바라보고 있었다. 이것은 열에 들떠서 본 환영이 아니다. 달콤하면서 야릇한 냄새가 아직 방에 감돌았다.

'저 사람이 누구더라? 뭘 하고 있었을까?'

치키사는 불안해져서 동생 쪽을 봤지만, 동생은 꼼짝도 하지 않고 잠들어 있었다.

그때 살며시 방문을 여는 소리가 들려, 치키사는 깜짝 놀라 얼굴을 돌렸다. 아까 그 남자가 돌아왔나 했더니 들어온 사람은 다른 남자였다. 어젯밤에 상처를 꿰매준, 온화한 말투의 남자였다. 탄다라는 이름이었던 것 같다.

"…들어가도 될까? 상태를 보러 왔다."

탄다가 속삭였다. 서툰 로타어였지만, 의미는 알 수 있었기에 치키사는 고개를 끄덕였다.

탄다는 발소리를 죽이고 방으로 들어오더니, 곧바로 눈살을 찌푸렸다.

"여기 누가 왔었니?"

치키사는 말하려고 했지만, 갈증으로 목이 달라붙어서 제대로 목소리가 안 나왔다.

"미안, 미안. 먼저 이거 마셔봐라. 약이 될 거다."

치키사는 부축을 받아서, 탄다가 내민 음료를 한 모금, 두 모금 홀짝거렸다. 시원한 음료가 열로 말라버린 목을 타고 내려가는 느낌이 기분 좋았다.

머리를 받쳐주고 있는 탄다는 소년의 목과 어깨에 살이 너무 없어 가슴이 저렸다. 이 아이들에게 엮이지 말라고 바르사에게 말했고, 또한 엮여서는 안 된다는 생각은 변하지 않았지만, 그래도 가엾게 여기는 마음은 억누를 수 없었다.

그런데 이 냄새는….

소년이 자신을 올려다보며 뭐라고 속삭였기에, 탄다는 황급히 얼굴을 소년에게 바싹 가져갔다.

"…고마, 워요."

탄다가 미소 지었다.

"뭘 이 정도 갖고."

소년의 목소리는 가녀렸지만, 목의 갈증이 해소됨에 따라 조금씩 또렷이 들렸다.

"아까 누가 있었어요. 내 옆에 앉아서 뭔가 하고 있었지요."

탄다가 진지한 얼굴이 되었다.

"어떤 사람?"

"남자요. 어두워서 잘 안 보였지만."

"나하고 키가 비슷했니?"

소년은 잠시 생각하더니 이윽고 고개를 저었다.

"좀 더 작았어요."

'역시 스파루로구나.'

탄다는 마음속으로 중얼거렸다. 이것은 야쿠족들이 타쟈무라고 부르는 나무뿌리를 으깨서 나뭇진을 섞은 주술용 향의 냄새다. 잠든 자에게 이 냄새를 맡게 해서 주술을 걸면, 꿈을 자유롭게 조종할 수가 있다. 능력 있는 주술사라면 자신의 혼을 잠든 자의 혼에 접촉시켜 똑같은 꿈을 꿀 수도 있다.

"…탄다 씨."

소년이 부르는 소리에 탄다는 상념에서 깨어났다.

"응?"

"그 여자는 괜찮아요?"

잠시 누구를 말하는지 몰랐지만, 소년이 옆구리를 만지는 동작을 했기에 바르사의 안부를 묻는 것임을 알아차렸다.

"괜찮아."

소년의 눈에 불안해하는 빛이 남아 있는 것을 보고, 탄다가 위로하듯이 말했다.

"괜찮아. 그 사람은 강하거든."

바르사는 보통 여성보다 훨씬 단련된 몸이며 부상에 익숙하다는 것, 그렇기 때문에 이미 열도 내렸다는 것, 탄다는 서툰 로타어로 띄엄띄엄 얘기해주며 소년을 안심시켰다.

잠자코 듣고 있던 소년의 얼굴에서 조금씩 긴장감이 사라지고, 그 대신에 피로의 빛이 떠오르는 것을 보고 탄다는 소년을 살며시 눕혔다.

소년이 얼굴을 돌려 여동생을 봤다. 좀처럼 깨어날 기미를 보이지 않는 동생을 걱정하는 것을 손에 잡힐 듯이 알 수 있었기에, 탄다는 마음을 정하고 소년의 발밑을 돌아서 소녀 옆에 주저앉았다.

어젯밤에도 탄다는 주술 기법을 써서 소녀의 혼에 접촉하려고 했다. 그 순간의 느낌을 떠올리자 배 속 깊숙한 곳에서부터 떨려 오기 시작했다.

혼에 접촉하려고 한 순간, 등줄기가 서늘해졌다. 얇은 껍질 너머에 뭔가가 있다. 만지면 얇은 껍질을 찢고 이쪽으로 튀어나올 것 같은 느낌이 들었다.

탄다는 당황해서 자신의 혼을 되돌렸지만, 엄청난 공포로 심장이 튀어나올 것처럼 흉골에 부딪혔다. 저쪽에 있는 어떤 기척도 무서웠지만, 그것이 풍기는 냄새가 참을 수 없을 정도로 소름이 끼쳤다. 아까 바르사에게는 '죽음의 냄새'라고 표현했는데, 그렇게밖에 표현할 수 없는 냄새였다.

탄다는 소녀를 만지고 싶지 않았다. 이 소녀가 어떤 존재인지 전혀 알 수가 없었기 때문이다.

저주받고 있다면 저주를 푸는 방법도 있다. 악령에 씌었다면 악령을 물리치는 방법도 있다. 하지만 뭐가 어떻게 된 건지 알 수 없는 이 소녀에게는 대처할 방법을 알 수가 없었다.

무척 조용하긴 해도 숨소리는 확실하게 들리니까 살아 있는 것은 분명하지만, 언제까지고 깨어나지 않으면 틀림없이 쇠약해질 것이다. 워낙에 몸이 말라서 물도 안 마시고 음식도 안 먹고 계속 자기만 하면 오래는 못 버틴다.

"…전에는 눈을 뜨기까지 이틀 걸렸어요."

소년의 목소리에 탄다는 깜짝 놀라서 소년을 돌아봤다. 소년의 눈에는 강한 경계와 주저의 빛이 떠올라 있었다. 탄다에게 이야기해도 좋을지 고민하면서도 동생이 걱정스러워 견딜 수가 없어 저도 모르게 말하고 만 것이리라.

'전이라는 게 언제지?' 하고 묻고 싶었지만, 탄다는 그 말을 삼켰다. 소년이 안 물었으면 하는 것이 바로 그것일 것 같았기 때문이다.

게다가 이제까지의 일을 종합해보면, 그게 언제 일인지 대충 짐작은 간다.

생각하고 싶지 않은 일이었지만, 일단 틀림없을 것이다. 이두 아이는 스파루가 계속 신경 쓰고 있는 신타단 감옥의 대학살에 연루되어 있다.

그것을 물으면, 소년은 마음을 닫아버릴 것이다. 탄다를 믿어야 할지 어떨지 지금 소년의 마음의 저울은 미묘한 곳에서 흔들리고 있다. 추궁할 마음이 들지 않았다.

"…그때 어떻게 깨어났지?"

탄다가 묻자, 소년은 뺨에 긴장한 빛을 띤 채로 신중하게 단어를 고르며 대답했다.

"잠든 여동생을 업고 걷다가 내가 넘어졌을 때 깨어났어요. 배가 고파서 비틀거리다가 쓰러져 동생이 풀밭에 굴러떨어졌는데 그 바람에 깨어난 것 같아요."

"그때 동생은 어떤 상태였지?"

"축 늘어져 있었어요. 움직일 힘도 없을 정도로. …그대로 죽어버리는 건 아닌지 두려웠어요."

탄다는 잠시 생각에 잠겨 있다가, 이윽고 소년을 똑바로 쳐다보며 말했다.

"물이라도 마시게 해라. 죽지 않도록. 알겠니?"

소년이 고개를 끄덕였다.

"…깨우면 위험할까?"

소년은 깜짝 놀라서 탄다를 쳐다봤다. 탄다는 그저 조용히 소년을 응시하고 있었다. 이윽고 소년이 천천히 고개를 저었다.

"괜찮을 거예요. 내가 깨워볼게요."

탄다가 소년을 동생에게 손이 닿는 곳까지 옮겨주었다. 소년이 동생의 머리카락을 쓰다듬으며 동생의 이름을 불렀다.

"아스라, 아스라! 일어나, 아스라!"

그러나 동생은 전혀 반응하지 않았다. 소년이 탄다를 올려다봤다.

"어쩔 수 없군. 좀 더 기다리자. 만약 일어나거든 나를 불러라. 알겠지?"

소년이 고개를 끄덕였다.

탄다가 일어서서 방을 나가려고 했을 때, 소년이 뒤에서 말을 걸어왔다.

"저, 숙박비와 치료비…."

소년의 목소리가 작아졌다.

"우리는 돈을 갖고 있지 않아요."

탄다가 눈썹을 살짝 치켜올렸다.

"걱정하지 마라. 숙박비는 빌릴 수 있다. 네가 어른이 되거든 돈을 벌어서 갚아라. 알겠지?"

소년은 지그시 탄다를 올려다보고 있다가, 잠시 후에 다치지 않은 쪽 손을 들더니 이마와 코와 입을 세 손가락으로 가볍게 문지르고 나서 바닥에 머리를 댔다. 감사의 표현이라는 것은 전해져 왔지만, 처음 보는 인사법이었다.

4

달빛 아래의 단창

바르사는 잘 먹고 잘 잤다. 그리고 상처를 꿰매고 사흘째 되는 날 밤에는 이미 일과로 삼고 있는 단창과 맨손무술 연습을 하러 여인숙 뒷마당으로 나갔다.

그 연령대의 사람에 비해 회복 속도가 무척 빨라, 그걸 볼 때마다 탄다는 생각한다. 바르사는 마치 들에 사는 짐승과 같다고. 다치거나 약해지면 곧바로 죽음으로 이어지는 짐승들에게 있어서 상처가 치유되는 속도는 생사를 가른다.

탄다는 다치거나 병나면 누군가의 위로를 받고 싶어지지만, 바르사는 그런 응석을 자신에게 용납하지 않는다. 용납하지 않는다기보다 몸에 배어버린 것이리라. 약해졌을 때도 허점을 보이지 않도록 마음이 항상 어딘가에서 긴장하고 있다.

지그로는 혼자서 살아갈 수 있는 짐승을 키워낸 것이다….

치키사라는 소년도 마른 것치고는 회복이 무척 빨랐다. 배불리 먹는 유복한 상인의 아이보다 충분히 먹지도 못하는 가난한 집 아이가 몸의 회복이 빠를 수도 있다는 것은 알고 있었지만, 그 아이의 회복 속도는 오히려 바르사를 연상시킬 정도다. 마음이 몸을 재촉하고 있는 것이다. 빨리 나아라, 빨리 움직여라, 하고.

여자애도 오늘 아침 눈을 떴다. 처음에는 멍해 있었지만 점심 후에는 어느 정도 정신이 돌아와, 오빠의 부축을 받아 혼자서 변소에 갈 수 있을 정도가 되었다. 먹게 되고 걷게 되면 사람은 빠른 속도로 회복해가게 마련이다.

탄다는 여인숙 사람들에게 그들의 몸에 부담이 가지 않고, 그러면서도 기운이 날 만한 것을 만들어달라고 부탁했다. 그것을 기쁜 듯이 먹고 있는 두 아이를 보면서, 탄다는 마음속으로 그들에게 용서를 구했다.

두 아이가 빨리 건강을 회복했으면 하는 마음 한편에는, 그렇게 되면 정을 끊고 그들한테서 손을 뗄 수 있다는 마음이 숨어 있었기 때문이다.

아무리 위험한 자들인 걸 알아도 힘없는 아이들을 못 본 척할 수는 없다. 그것이 자신의 약점이기도 하다는 것을 탄다는 잘 알고 있었다.

⋙⋇⋘

저녁 식사를 마치자, 치키사는 아스라와 난로를 양쪽에서 끌어안듯이 하고 누워 있었다. 꾸벅꾸벅 졸다가 잠시 후에 이상한 소리에 문득 눈을 떴다. 휙, 휙 하고 채찍이 허공을 가르는 듯한 소리가 뒷마당에서 들려왔다. 아스라도 눈을 떴다.

"무슨 소리지?"

"몰라. 마부가 되려고 채찍 휘두르는 연습을 하고 있나?"

"하지만 소리가 조금 다른걸."

치키사가 고개를 끄덕이고는 이불을 몸에 두른 채로 몸을 일으켰다. 그리고 덧문을 들어 올려 어두운 뒷마당을 내다봤다. 아스라도 옆에서 얼굴을 창밖으로 내밀었다.

달빛이 희미하게 비치는 마당에서 맨 먼저 눈에 들어온 것은 번쩍이는 빛이었다. 잔상의 꼬리를 남기며 무시무시한 속도로 원을 그리는 빛. 달빛이 창끝에 반사되어 번쩍이는 빛이었다.

그 움직임이 너무나도 빠르고 아름다워, 치키사도 아스라도 소리도 내지 않고 넋을 잃고 바라보고 있었다.

단창으로 허공을 가르며 춤추고 있는 사람의 형체가 치키사에게는 어딘가 낯익은 느낌이 들었다.

"…아, 그 사람이다."

치키사가 중얼거리자, 아스라가 '누구?' 하고 물었다.

치키사는 잠시 입을 다물고 있다가, 이윽고 여동생에게 속삭였다.

"…그것한테 그 녀석들이 살해당했을 때, 복도에 있다가 부상당한 여자야. 바르사라는 사람이지."

아스라가 눈살을 찌푸리며 엄격한 어조로 말했다.

"그것이라고 말하면 안 돼. 신령님이라고 해야지."

치키사는 화난 표정으로 여동생을 봤지만, 지그시 바르사를 바라보고 있는 여동생의 옆얼굴에는 어떤 반론도 일체 용납하지 않는 완고한 표정이 있었다. 치키사가 어깨를 으쓱했다.

"여하튼 저 사람은… 그 '신령님'에게 공격을 당했지만 죽지 않았어. 저렇게 움직임이 빠른 사람이라서 죽지 않았던 거로구나."

아스라가 고개를 저었다.

"아무리 빨리 움직여도 신령님한테는 못 당해. 나쁜 사람이 아니라서 안 죽은 거야."

아스라의 얼굴에는 마치 신을 모시는 사람과도 같은, 냉담하고 차분한 표정이 떠올라 있었다. 상냥하고 소심했던 예전의 동생의 모습은 거기에는 없었다.

치키사는 가슴이 답답해지는 것을 느끼며 입술을 꽉 깨물었다.

동생은 '그것'을 신령님으로 믿고 있다. 자신의 몸에 깃든 타르하마야를 선한 신령님으로 믿고 있는 것이다.

풍요로움을 가져다주는 신 아파루의 잔혹하고 못된 자식 타르하마야. 어머니는 타르쿠마다(음지의 사제)의 가르침을 거스르며, 비록 잔혹한 신이어도 타르하마야야말로 자신들에게 과거의 영광을 되찾아줄 신으로 믿었다.

하지만 신타단 감옥에서의 끔찍한 학살을 목격한 치키사는 타르쿠마다들이 역시 옳았고, 어머니가 틀렸다고 생각하게 되었다.

그때 신타단 감옥에서 어머니의 처형을 웃으며 바라보던 사람들을 치키사도 증오한 것은 사실이다. 검으로 난도질해 죽이고 싶은 심정이었다.

하지만 아스라한테서 나온 '그것'은 사람들을 마치 폭풍이 나무들을 쓰러뜨리듯이 죽여버렸다.

치키사는 그것을 신의 행동으로는 도저히 생각할 수가 없었다. '그것'에게는 정이라는 것을 전혀 느낄 수가 없었다. 너무나도 잔혹하고 무표정한 '힘'이었다.

하지만 동생에게 그런 의문을 제기할 마음은 들지 않았다. 어머니의 말대로 타르하마야를 성스러운 신으로 믿는 것이 동생의 마음을 지키는 방벽이 되었다. 그것이 무너지면 동생은 미쳐버릴 게 틀림없다.

신을 모시는 사람의 오만하고 차분한 표정을 열심히 흉내 내고 있는 동생이 치키사는 가여워서 견딜 수가 없었다.

"저 사람은 틀림없이 좋은 사람이야. 그러니까 신령님이 죽이지 않은 거지."

자신에게 타이르듯이, 아스라가 다시 한 번 중얼거렸다.

"…그렇구나."

치키사가 대답했다.

"저 사람은 좋은 사람이야. 자신도 크게 다쳤는데 나를 안 아주었거든."

아스라가 깜짝 놀라며 오빠를 봤다. 생판 모르는 사람이 자신들을 안아주었다니 믿을 수 없는 일이었기 때문이다.

"정말이야."

아스라가 눈을 깜빡이며 살짝 얼굴을 찡그렸다.

"…정말이야?"

그런 다음 오빠 말에서 흠을 찾아내듯이 말했다.

"저 사람 다친 것 같지 않은데. 움직임이 저렇게 빠르잖아."

치키사도 그 점이 이상했다. 그날 밤 분명히 왼쪽 옆구리에 피가 흥건히 배어 있었는데, 겨우 사흘 만에 저렇게 움직일 수가 있을까?

두 아이는 또다시 그 사람의 움직임을 지켜보기 시작하다가, 이윽고 둘 다 거의 동시에 깨달았다. 그 사람은 매끄럽게 움직이는 것처럼 보이지만, 자세히 보니 왼쪽을 감싸고 있었다. 오른손의 움직임이 너무 아름다워서 그쪽에 시선이 팔려 미처 깨닫지 못했지만, 왼손은 팔꿈치를 구부려 옆구리에 댄 채로 전혀 움직이지 않았다.

"정말이네…."

아스라가 중얼거렸다. 동생의 목소리에 희미하게나마 쾌활함이 느껴져 치키사는 기뻤다.

이제까지 오랫동안 차가운 어둠 속에 있었다. 앞으로도 어둠밖에 보이지 않는다. 많은 사람들을 죽여버린 '그것'을 생각하면, 자신들은 살아 있어서는 안 되는지도 모른다고 끊임없이 자책하게 된다.

다만 이 순간, 동생과 똑같은 것을 보며 마음이 따뜻해진 이 순간만은 자그마한 등불 같은 것이 치키사의 마음을 비췄다.

어떤 생각이 치키사의 가슴에 떠오른 것은 그때였다. 실현될 리 없는 꿈인 줄은 알고 있었다. 하지만 동생과 이런 이야기를 할 기회는 지금 아니고는 다시 없을지도 모른다.

"있잖아, 아스라. 잠깐 내 말 좀 들어줄래?"

치키사가 다치지 않은 쪽 손으로 동생의 차가운 손을 잡았다.

"앞으로 어떻게 할지 나는 죽 생각해왔어. 우리는 돈도 전혀 없잖아? 요전처럼 나쁜 사람에게 붙잡히면 또 무슨 짓을 당할지 몰라."

아스라가 오빠의 기운을 북돋으려는 듯 손을 꽉 잡았다.

"오빠, 괜찮아. 우리에게는 신령님이 계시잖아. 아무리 나쁜 사람이 와도 틀림없이 지켜주실 거야."

강한 빛이 깃든 동생의 눈을 본 순간, 치키사는 입 속에 씁쓸한 것이 퍼져가는 것을 느꼈다.

"하지만 아스라… 나는 두 번 다시 보고 싶지 않아."

목에 뭐가 걸린 것 같은 쉰 목소리로 치키사가 나지막이 말했다. 마음속에서부터 씁쓸한 슬픔을 짜내는 듯한 오빠의 목소리에 아스라는 놀라며 얼굴을 찌푸렸다.

"너는 못 봤을 거야. 네가 그… 그분을 불러온 후에 실제로 어떤 일이 일어났는지."

아스라가 눈을 깜빡였다. 오빠 말대로 신령님이 와 계시면 의식이 완전히 없어진다. 그저 무척 기분이 좋을 따름이다. 그때까지 느끼던 두려움이나 분노가 스윽 사라지고, 뭐라고 형용할 수 없는 행복한 기분이 온몸으로 퍼진다. 그리고 깨어나면 나쁜 사람들은 사라져 있다.

치키사는 감정이 북받쳐 동생의 손을 놓더니, 다친 오른손에 감긴 붕대를 풀기 시작했다. 뭔가에 쫓기듯이 거칠게 붕대를 풀고, 상처가 아픈 것도 개의치 않고 피가 들러붙은 헝겊도 벗겨버렸다.

그러고는 그 손을 동생 앞으로 내밀었다. '그것'이 동생 몸 안에서 감시하고 있을지도 모른다. 이런 짓을 하면 살해당할지도 모른다.

상관없다고 치키사는 생각했다.

"자, 봐, 아스라. 이게 너의 '신령님'에게 당한 상처야. 황급히 네 입을 막으려고 한 순간 당했지."

흥분으로 목소리가 높아지지 않도록 필사적으로 억누르며 치키사가 말을 이었다.

"다른 사람은 말이야… 목을 물어뜯겼어. 그 사람들 목에 생긴, 이보다 훨씬 깊은 상처를 난 봤지."

아스라는 믿을 수 없는 것을 보듯이, 오빠 손의 상처를 응시하고 있었다. 손바닥에서부터 엄지와 검지 사이에 보기 흉한 상처가 한 줄 나 있었다. 꿰맨 실에 거무튀튀한 피가 들러붙어 있었다.

아스라의 입술이 떨리기 시작했다. 그 모습에서는 하얀 가면과도 같은 완고함이 사라지고, 예전의 동생 얼굴이 어렴풋이 나타났다.

"…오빠, 미안해. 몰랐어. 그 상처는 그 녀석들한테 당한 거라고 생각했어…."

동생의 눈에 눈물이 글썽이는 것을 보고 치키사는 저도 모르게 동생의 머리를 끌어안았다.

"네가 말하는 '신령님'이 우리 목숨을 구해준 것은 사실이야. 그건 나도 감사하게 생각하지. …하지만 알아줬으면 해. 나는 더 이상 보고 싶지 않아. 사람이 피투성이가 되어 죽는 모습을."

동생을 안은 채로 치키사는 내친 김에 말을 이었다.

"'신령님'이 나타난 것은 두 번 다 우리가 곤경에 처했을 때였어. 네가 겁을 먹거나 화를 내거나 해서 정신을 잃었을 때지. 그렇지?"

아스라가 살짝 고개를 끄덕였다. 무척 기분 나쁜 어떤 일이 마음속에 떠오를 것 같았지만, 그것은 물고기가 늪에 몸을 감추듯이 붙잡을 틈도 없이 도망쳐 갔다. 치키사와 달리, 아스라는 신타단 감옥에서의 일은 거의 기억 못 했다. 어머니의 처형이라는 너무나도 괴로운 기억을 마음이 봉인해버린 것을 아스라 자신은 깨닫지 못했다.

몸이 갈기갈기 찢어질 정도로 슬프고 괴로운 일을 당해, 그런 일을 당하게 한 사람들이 사라져버리기를 원했을 때, 가슴속에 '성스러운 강'의 소리가 들려왔을 따름이다. 힘차게 흐르는 강물 소리가 온몸에 울리고, 그 물결을 타고서 신령님이 소망을 들어주기 위해 온다. 그 후의 기억은 전혀 없다.

목을 물어뜯는다고? 그 광경을 상상한 순간, 머리에서 스윽 핏기가 가시고 얼굴의 근육이 마비되었다.

"우리는 이제 둘만 남았어. 돈도 없고… 부모도 없어. 앞으로도 어떤 곤경을 겪게 될지 몰라. 그때마다 너는 '신령님'을 불러서 주위 사람들을 죽일 생각이니…?"

오빠의 심장 고동이 무척 빨라졌다.

"계속 우리를 위해서 남을 죽이며 살아갈 생각이니?"

아스라의 가슴의 고동도 숨이 막힐 정도로 빨랐다. 아스라는 오빠의 가슴에서 몸을 떼더니 고개를 저었다.

"아니, 그렇지 않아. 내 신령님은 나쁜 녀석들만 죽여!"

"하지만 그냥 주위에 있던 사람도 다쳤잖아! 오빠처럼!"

아스라가 고개를 저었지만 아까만큼 단호하지는 않았다.

"잘 들어. 응? 아스라. …우린 살아갈 길을 찾아야 해. 남에게 짓밟히거나 학대당하지 않고 살아갈 길을 찾아야 해. '신령님'에게 살인을 시키며 도움받지 않아도 되는 길을 말이야. 어른이 되어서 우리만의 힘으로 살아갈 수 있을 만한 돈을 벌게 될 때까지."

아스라가 천천히 고개를 끄덕였다.

"…하지만 그러려면 어떻게 해야 해?"

"생각대로 될지 어떨지 모르겠지만 나한테 한 가지 생각이 있어. 아마도 절대로 불가능할 거라고 생각하지만 말이야…."

치키사는 동생에게 자신의 생각을 털어났다. 아스라는 잠자코 듣고 있더니, 뺨에 서서히 핏기가 돌아왔다. 오빠의 생각은 아스라에게도 무척 좋은 생각 같았다.

아버지를 빼닮은 고지식해 보이는 눈을 한 오빠를 올려다보며 아스라가 나지막이 말했다.

"…오빠, 오빠 말대로 되면 좋겠네."

그때 복도에서 여인숙 하녀의 목소리가 들렸다.

"실례할게요. 탕약을 갖고 왔는데 안으로 들어가도 될까요?"

상당히 유창한 로타어였다. 저녁 식사를 가져다준 토마라는 하녀의 목소리였기에, 치키사는 얼른 일어서서 문을 열었다. 쟁반에 자그마한 사발을 얹어 토마가 들어왔다.

"탕약이래요. 뜨거우니까 조심해서 마셔요. 다 마시면 이 쟁반에 얹어서 복도에 내놔주세요. …그럼 잘 자요."

토마는 난로의 숯이 충분한 것을 확인하고 나서 돌아갔다.

치키사와 아스라는 후우, 후우 불면서 탕약을 마시기 시작했다. 아스라는 얼굴을 찌푸리면서 탕약을 거의 마셨지만, 치키사는 한 모금만 마시고는 더 이상 마시지 않았다.

"오빠. 다 마셔야지. 왜 안 마셔?"

"괜찮아. 나는 이제 거의 다 나았으니까. 자면 나을 거야."

빙긋이 웃으며 치키사는 일어서서 창밖에 나머지를 버렸다.

주방을 향해서 복도를 걸어가던 토마는 뒤에서 부르는 목소리에 뒤돌아봤다.

"아아, 스파루 씨. 아까 부탁하신 탕약, 지금 그 아이들에게 갖다줬어요."

"아아, 고맙소."

"뭘요. …스파루 씨도, 탄다 씨도 훌륭하세요. 생판 모르는 아이들을 이렇게 부모처럼 돌봐주시다니, 좀처럼 힘든 일이지요. 그 아이들은 행복한 아이들이네요."

스파루는 쑥스러운 듯이 손을 저었다.

"그 아이들은 상당히 영리하거든. 앞으로도 돌봐줄 생각이
요. 아까 말했듯이 내일 새벽에 출발하니까 그때 함께 데리
고 갈 거요. 미리 건네준 숙박비는 충분하죠?"

"네, 네. 충분해요. 또 방문해주세요, 스파루 씨."

❧❀❧

탄다는 어슴푸레한 불빛 아래서 오늘 손에 넣은 책자를 읽
고 있었다. 로타인이 쓴 약초학 관련 책자로, 종이 질은 안 좋
지만 내용은 무척 흥미로웠다. 이런 책자를 손에 넣을 수 있
는 것도 약초장에 오는 즐거움 중 하나였다.

복도에서 발소리가 났기에 탄다는 책자에서 얼굴을 들었
다. 순간 바르사가 돌아왔나 했지만, 바르사의 걸음걸이가 아
닌 것을 깨달았다.

"스파루인데, 들어가도 될까?"

탄다가 일어서서 문을 잡아당겨 열어 스파루를 방으로 맞
이했다.

스파루가 책상 위에 펼쳐져 있는 책자를 보고서 미소를 지
었다.

"아아, 샤르토무의 『약초총람』이로군. 나도 복사본을 한 권

갖고 있지."

"이런 『약초총람』을 읽고 있으니, 나라마다 식물의 형태가 다른 것을 알게 되어 재미있네요. 로타는 신요고 황국과 가깝지만, 식물 형태는 오히려 북쪽 나라인 칸발과 비슷하다는 생각이 드는군요."

스파루가 고개를 끄덕였다.

"신요고 황국이 있는 나요로 반도는 우리 로타에 비하면 대기에 습한 기운이 무척 많다네. 물론 로타도 남부는 습하지만, 바다에서 떨어져 있는 북부의 고원지대는 깊은 숲과 광활한 초원이 펼쳐져 있어. 그렇지, 북부는 칸발과 비슷하다고 할 수 있지."

멍하니 『약초총람』을 보고 있던 스파루가 이윽고 탄다에게로 시선을 돌렸다.

"…탄다. 자네는 무척 열심히 그 오누이를 보살펴주는 것 같더군."

"저는 약초사니까요."

스파루가 미소를 지었다.

"그렇군. 다친 사람을 구하는 것이 자네의 본분이니까."

탄다가 살짝 얼굴을 찌푸렸다.

"무슨 말씀을 하고 싶으신 건가요, 스파루 씨?"

스파루가 미소를 거뒀다.

"자네는 '타르의 민족'이라는 사람들에 대해 들은 적이 있나?"

"바르사한테서 들은 적이 있습니다. 인가에서 떨어진 숲속에서 숨어 살며 로타인과의 접촉을 피하는 민족이라고 하더군요. 늘씬하고 키가 큰 편에 아름다운 사람들인데도, 로타 사람들은 기분 나쁜 민족이라며 싫어한다더군요."

스파루가 입술 끝을 일그러뜨렸다.

"자네는 정말로 좋은 사람이군. 다른 나라 이야기라도 그런 이야기를 들으면 그 민족에게 동정하게 되지. 얼굴에 그렇게 적혀 있네."

탄다가 불만스러운 표정으로 스파루를 봤다.

"그럼 안 되나요?"

스파루가 미소 지은 채로 한숨을 쉬었다.

"안 되는 경우가 있다는 것을 알아주었으면 하네. 그래서 내가 오늘 밤 여기 온 것이라네."

스파루가 몸을 앞으로 쑥 내밀고 목소리를 낮췄다.

"이미 눈치챘겠지만, 그 오누이는 타르족이라네.

타르족은 겉모습은 무척 아름답지. 그들과 로타인은 혼인 관계를 맺은 적이 거의 없었기 때문에, 선조들의 용모와 자태를 지금도 그대로 유지하고 있다네.

그런데 그런 용모와 자태만 유지해온 것이 아니라네. 마치 지하에 흐르는 물처럼 선조한테서 특별한 능력을 물려받아 태어나는 초능력자가 이따금 나타난다네."

"초능력자요? 그건 주술사 같은 건가요?"

"아니. 초능력자란 보통 사람은 볼 수 없는 다른 세계의 것을 보고, 그것에 접촉할 수 있는 자를 뜻하지.

그렇군. 우리 주술사도 혼만 분리시키면 다른 세계로 갈 수도 있고, 주술을 쓰면 다른 세계를 볼 수가 있지. 하지만 짧은 시간밖에 못 보지.

초능력자란 특별히 주술을 쓰지 않고도 자연스럽게 다른 세계가 보이는 자를 말한다네."

"…그거 재미있군요. 그리고 보니 챠그무 황태자도 정령의 알을 잉태했을 때, 자유자재로 나유그를 봤네요. 그런 능력을 갖고 태어나는 사람이 있군요."

스파루가 얼굴을 찌푸리며 단호한 어조로 말했다.

"재미있어할 일이 아니라네. 초능력자는 항상 재앙을 초래할 가능성을 내포하고 있다네.

다른 세계는 때로는 풍요로움을 이 세상에 가져다주지. 하지만 다른 세계는 무서운 존재가 사는 세계이기도 하다네.

생각이 깊지 못한 사람이 함부로 접촉했다가는 무슨 일이 일어날지 모르는 무시무시한 세계라네. …그렇기 때문에 어린 초능력자는 특히 위험한 존재지."

탄다는 문득 이야기가 어디로 향할지를 알 수 있을 것 같았다.

스파루가 틈을 주지 않고 말을 이었다.

"아이라는 것, 아름답다는 것은 그저 '그릇'에 불과하다네. 알았나, 탄다? 주술사라면 참모습을 보는 눈을 늘 길러왔겠지? 천진난만한 아이 안에 악령이 깃들어 있는 경우도 있다네."

탄다가 스파루의 눈길을 되받았다.

"그렇군요. 하지만 주술사의 임무는 그 아이에게 깃든 악령을 제거하고 잘 모셔서 진정시키는 것이지, 당신이 말하듯이 '그릇'째로 악령을 말살시키는 것은 아닙니다."

천천히 고개를 저은 스파루의 눈에 슬픔의 빛이 서린 것을 발견하고, 탄다는 놀랐다.

"자네 말이 맞네. 악령이 깃들었다면 주술사인 우리는 그 가여운 아이를 구하기 위해 최선을 다하겠지. 하지만 그 아이의 경우는 그렇지 않다네.

재앙이 퍼지는 것을 막을 방법이 없다네. 그 아이가 살아 있는 한은."

그때 복도에서 발소리가 들려왔다. 스파루가 그 소리를 듣고서 벌떡 일어섰다. 그리고 진지한 눈길로 탄다를 바라봤다.

"탄다. 나는 자네와 언제까지고 좋은 친구로 지내고 싶네. 부디 나를 믿어주게. 우리는 해야 할 일을 하고 있는 거라네."

스파루가 나가고, 바로 엇갈려서 바르사가 들어왔다. 머리카락이 젖어 있었고, 목욕 후의 좋은 냄새가 풍겼다. 단창을 방 한구석에 세워놓고 나서 바르사가 탄다에게 물었다.

"스파루가 뭐 하러 왔어?"

탄다가 팔짱을 끼고서 바르사를 올려다보고는, 방금 스파루가 하고 간 말을 바르사에게 전했다. 바르사는 마른 수건으로 머리를 닦으면서 이야기를 들었다.

"…결국 쐐기를 박으러 온 셈이지. 너희들은 아무것도 모르니 자기가 하는 일에 함부로 끼어들지 말라고."

"그렇겠네."

머리를 닦던 수건을 접으면서 바르사가 말했다.

"스파루는 내일 새벽에 여기를 떠나는 것 같아."

"뭐? 넌 어떻게 그런 걸 알고 있지?"

"목욕탕에서 여기로 돌아오다가 토마 씨하고 마주쳐서 잠시 서서 얘기를 나눴어. 그녀는 우리와 스파루가 친구라고 생각하니까 쉽게 얘기해줬지. 너와 스파루가 생판 모르는 아이들을 부모처럼 돌보다니 대단하다며 계속 감탄하더군. 스파루가 출발할 때 그 아이들을 함께 데리고 가겠다고 했다던데."

바르사의 눈에 살짝 미소가 떠올랐다.

"그래서 어떻게 할 거야?"

탄다가 크게 숨을 들이쉬고는 말했다.

"웃을 일이 아니잖아? 스파루는 아마도 그 아이들을 죽일 생각일 거야. 여동생을 죽이면 후환을 없애기 위해 오빠도 죽일 필요가 생길 테고, 스파루가 그걸 주저할 것 같지는 않아. 두 아이를 가엾이 여기는 것 같기는 하지만, 그래도 죽여야 한다는 신념에는 전혀 흔들림이 없었어."

"너는 어떻게 생각하지? 스파루가 말하듯이, 그 아이를 죽이지 않으면 재앙이 퍼진다고 생각해?"

탄다의 눈빛이 어두워졌다.

"나한테는 말이야, 스파루를 믿는 부분이 있어. 확실한 근거 없이 아이를 죽일 그런 사람은 아니야. 나는 그 아이들을 죽게 놔두고 싶지 않아. 하지만 자신이 없어. 모르는 것이 너무 많으니까, 그릇된 판단을 하지 않는다는 자신이 없어."

바르사가 지그시 탄다를 응시했다.

"그럼 스파루에게 물으면 되겠네. 그가 아는 것을 똑같이 알게 되면 올바른 판단이 가능할 거라고 생각한다면 말이야."

탄다가 얼굴을 찌푸리고는 바르사를 쳐다봤다.

"…무슨 뜻이지?"

바르사가 한숨을 쉬었다.

"뭘 알아도 결정하는 건 괴로운 일일 거야. 어찌 되었든 딱 하나만 결정하면 돼. 그 아이들을 죽일지 안 죽일지. 그것뿐이잖아?

누가 죽이느냐는 문제가 되지 않아. 살해당할 것을 알면서도 내버려두면 우리가 죽인 거나 마찬가지인 셈이지."

탄다는 입을 다물고 있었다. 그리고 긴 침묵 후에 중얼거리듯이 말했다.

"…하지만 스파루가 두려워하듯이 그 아이가 사람을 계속 죽이는 그런 재앙을 퍼뜨린다면, 그 아이를 구하는 자는 미래의 살인을 돕는 셈이 되지. 살해당할지도 모르는 사람들에게도, 그 아이와 마찬가지로 생명은 단 하나밖에 없는데 말이야."

"그러니까 그 아이를 지금 죽이자는 거야?"

그렇게 말하고 바르사가 쓴웃음을 지었다.

　"어차피 재앙의 씨앗이 될 테니까 죽이는 편이 낫다는 거지? 그런 이유는 수도 없이 많이 알고 있어."

　탄다가 깜짝 놀라며 바르사를 봤다. 바르사는 쓴웃음을 짓고 있었지만, 그 눈은 웃고 있지 않았다. 만지면 터져버릴 정도의 분노가 이글거렸다.

　"'너 같은 건 들개나 마찬가지야. 벼룩 옮으니까 다른 사람을 위해 차라리 죽는 편이 나아.' 정면에서 그런 말을 들으며 걷어차이는 아이가 어떤 심정으로 살아갈지 넌 생각해본 적 있어?"

　"…그만둬, 바르사."

　탄다가 낮은 목소리로 말했다.

　바르사는 그 아이들에게 어릴 적의 자신을 중첩시키고 있다. 그 심정은 너무나도 잘 안다. 하지만 그런 감정에 휩쓸려서 판단해서는 안 된다.

　"너는 아주 잘 알 거야. 남을 돕는 것이 어떤 것인지. 남의 도움을 받는 것이 어떤 것인지. …이것은 일시적으로 호위를 맡아주는 것과는 달라. 자칫하면 네 일생이 걸린 일이 될 거야. 정에 휩쓸려서 자신을 내팽개치지 마."

　바르사가 오른손으로 턱을 문질렀다. 그리고 고개를 끄덕였다.

"그렇지. 소중히 모아온 것으로 가득 채운 그릇을 뒤집어 엎어서 비워버릴 생각이 없는 한 관두는 게 낫지."

바르사의 눈은 분노인지 슬픔인지 모를 빛을 띠고서 묘하게 반짝였다. 평소에는 하나로 묶여 있는 머리가 등에 풀어헤쳐져 있고 이마에도 내려와 있어, 짙은 그림자를 이루었다.

"…자신이 그런 그릇을 갖고 있다는 사실조차 깨닫지 못했을 때는 좀 더 과감하게 마음을 결정할 수 있었는데."

바르사는 방 한구석에 세워져 있는, 손때가 쩌들어 창자루가 희미하게 빛나는 단창을 응시했다. 열 살 때 지그로한테 받은 이후로 늘 곁에 있는 단창을.

그러고 나서 시선을 탄다에게로 되돌렸다.

5
어둠을 향해 달려가다

한밤중을 조금 지난 시각, 말을 탄 사람 셋이 바르사 일행
이 묵고 있는 여인숙의 뒷문으로 들어왔다.

잠에 취한 눈을 비비면서 나온 문지기 소년에게 돈을 건네
주고서 세 사람은 뒷마당의 마구간으로 향했다. 긴 여행을
하고 온 듯, 땀에 젖은 말들의 등에서 김이 모락모락 피어올
랐다.

그들은 말을 마구간에 묶더니, 물과 곡물을 주고는 일단 안
장을 내리고서 땀을 깨끗이 닦아주었다. 하지만 땀이 식기를
기다리지도 않고 새 담요를 등에 걸치더니, 그 위에 또다시
안장을 얹고, 안장 앞부분에 고삐를 둘둘 말아 언제든지 탈
수 있도록 준비를 갖췄다.

화재의 위험이 있어 마구간에 등불은 갖고 들어갈 수 없다. 말을 다루는 데 무척 익숙한지, 그들은 그런 일들을 손끝도 보이지 않는 어둠 속에서 마친 후에 여인숙으로 들어갔다.

세 사람 중 하나는 여자, 스파루의 딸 시하나였다. 요모의 역참에서 다른 가도(街道)를 탐색 중이던 동료 주술사 마크루와 캇하루를 발견해 지금 돌아온 것이다.

그들이 여인숙으로 들어가는 것을 지붕에서 지그시 바라보고 있는 것이 있었다. 붉은 목걸이를 건 원숭이다. 사흘 전에 여인숙의 석회 바닥에 앉아 있어서 탄다가 머리를 쓰다듬어주었던, 교활해 보이는 얼굴의 바로 그 원숭이였다.

원숭이는 세 사람이 여인숙으로 들어가고 얼마 지나자, 쪼르르 지붕을 타고 내려와 주방으로 가서 안에 아무도 없는 것을 확인하고서 굴뚝의 작은 구멍으로 미끄러져 들어갔다.

주방은 깨끗이 정돈되어 있었고, 벽에 붙어 늘어선 다섯 개의 취사용 아궁이의 불도 꺼져 있어 썰렁했다. 원숭이는 우선 그 아궁이 옆에 걸려 있는 부지깽이를 쥐더니, 능숙한 손놀림으로 아궁이의 재를 긁어내기 시작했다.

재 안에는 아침이 되면 곧바로 불을 붙일 수 있게 묻어둔 숯이 있다. 숯은 재 속에서 떼굴떼굴 굴러 나와 바깥 공기에 닿자 시뻘겋게 달아올랐다.

그 광경을 지켜보더니 원숭이는 망설이는 기색도 없이, 서쪽 벽 가장자리에 놓여 있는 항아리로 다가가 몸을 벽과 항아리 사이로 밀어 넣은 다음 항아리를 뻥 찼다. 항아리는 마루로 떼굴떼굴 굴러가, 안에서 걸쭉한 기름이 바닥으로 흘러나왔다.

원숭이는 기름을 밟지 않고 날렵하게 선반으로 펄쩍 뛰어올라, 흘러나온 기름이 아궁이 쪽으로 천천히 퍼져가는 것을 지켜봤다.

이윽고 기름은 아궁이 밑에 이르러 빨갛게 불붙은 숯에 닿아… 확 타올랐다.

⇥❖⇤

치키사는 흠뻑 땀을 흘리며 신음하면서 잠을 깼다. 목이 말라 견딜 수가 없었다. 곁에 놓인 물주전자에 손을 뻗으려다 깜짝 놀랐다. 몸이 뜻대로 움직이지 않았기 때문이다. 온몸이 나른해 제대로 힘을 줄 수가 없었다.

머리가 또렷해지면서 약을 마신 사실이 떠올랐다.

'그 탕약이다.'

그것밖에 생각할 수 없었다. 그 약은 묘한 맛이 났다.

"…아 …아스, 라!"

동생의 이름을 부르며 몸을 흔들었지만, 아스라는 눈을 뜨지 않았다. 심장을 쥐어뜯기는 것 같은 공포가 치키사를 사로잡았다. 치키사는 탕약을 한 모금밖에 안 마셨지만, 아스라는 한 잔을 거의 다 마셨다. 그게 독이었다면 이미 죽었을지도 모른다.

치키사는 덜덜 떨면서, 아스라의 코언저리에 귀를 갖다 댔다. 숨을 죽이고 필사적으로 기도하면서 아스라의 코끝이 귓불에 닿을 정도로 바싹 대고서 기다렸다.

뭔가 부드러운 느낌이 귀에 느껴졌다. …그리고 또 한 번.

'살아 있다!'

온몸의 힘이 빠지며, 치키사는 쓰러져서 숨을 헐떡였다. 그것은 수면제였을 것이다. …하지만 왜? 누가 수면제를 자신들에게 먹인 걸까…?

'탄다 씨가 그랬을까?'

우선 그런 생각이 떠올랐다. 생각하고 싶지 않은 일이지만 가장 가능성이 높았다. 하지만 생각해보면 탄다가 탕약을 여인숙 사람에게 가져다주게 한 적은 한 번도 없다. 탕약을 가져온 토마는 탄다가 보냈다고 말했던가…?

'하지만 탄다 씨가 아니라면 대체 누가?'

그때 치키사는 악몽을 꾸었을 때의 일을 떠올렸다. 묘한 냄새가 나는 연기를 피우며 자신에게 악몽을 꾸게 했던 사람의 형체….

오싹 소름이 끼쳐 치키사는 몸을 일으켰다. 누군가가 자신들에게 악의를 품고 있다. 이대로 멍하니 아침까지 여기 있다가는 무슨 일을 당할지 모른다.

도움을 청해야 한다. 몸은 저리지만 어떻게든 걸을 수는 있다.

치키사는 구르듯이 해서 복도로 나갔다.

"…넌 약을 마시지 않았구나?"

뒤에서 낮은 목소리가 들렸기에, 치키사는 흠칫 놀라며 돌아봤다.

어두운 복도에 앉아 있던 사람의 형체가 일어섰다. 작은 체구의 사내였다. 그윽한 눈길을 받고서 치키사는 뒷걸음질을 쳤다.

"가엾지만 이것도 운명이지."

그렇게 말하고 남자는 치키사의 팔을 붙잡아 끌어당기면서 그대로 배의 급소를 주먹으로 쳤다. 기절한 치키사를 스파루는 가뿐히 어깨에 들쳐 메고 어두운 방 안으로 들어가서 바닥에 내려놓더니, 여동생이 깊이 잠든 것을 확인했다.

그때 반쯤 열려 있는 문 너머로 맞은편 복도 쪽에서 목소리가 들려왔다.

"…아버지."

여장을 갖춘 시하나가 복도 난간을 붙잡고서 안마당으로 훌쩍 뛰어내려 안마당을 가로질러서 왔다. 그리고 눈 깜짝할 사이에 이쪽 복도로 올라와 방으로 들어왔다.

"어쩐 일이냐? 조금 쉬라고 했는데."

스파루가 속삭이자, 시하나가 굳은 표정으로 빠른 속도로 말했다.

"못 느끼겠어? 아무래도 뭔가 타는 냄새가 나. 어디선가 불이 났어."

스파루가 복도로 나가 대기의 냄새를 맡아봤다.

"…약하기는 하지만 냄새가 나는 건 확실하구나."

"뭔가 불길한 느낌이야. 빨리 출발하기로 해."

"하지만 너희들은 방금 돌아왔잖니? 말도 지쳐 있고…."

"괜찮아. 다음 마을에 숙소를 잡아놨어. 거기까지 간 다음에 말을 쉬게 하면 돼."

결국 스파루도 고개를 끄덕였다.

"좋다. 넌 저 여자애를 업고 먼저 가라. 나는 남자애를 메고 일단 방으로 돌아가 녀석들에게 알리고 오지. 마구간에서 만나자."

스파루와 시하나는 각자 아이를 안아 올리더니 뒤로 돌려 업고서, 소리도 없이 복도를 좌우로 갈라져서 갔다.

바르사는 결정적인 말은 한마디도 하지 않았지만, 언제든지 움직일 수 있도록 여장을 갖추기 시작했다. 그걸 보면서 탄다는 깊은 망설임에서 빠져나오지 못하고 있었다.

잠시 후에 탄다도 여장을 갖추기 시작한 것은 결심이 서지 않아서다.

지금 그 아이들을 스파루 맘대로 하게 해서 죽게 놔둘 수는 절대로 없다. 잘못된 판단을 하는 건지도 모르지만, 생각을 좀 더 하며 사태를 지켜볼 시간이 필요했다.

두 사람이 준비를 마쳤을 때, 갑자기 경종이 울리기 시작했다. 길게 두 번 울리고 짧게 한 번 울리는 걸 보니 화재가 일어났다는 뜻이다.

탄다가 문을 열고 복도로 뛰어나갔다. 다른 방에서도 투숙객들이 복도로 뛰어나왔다. 대기에는 확실히 코를 찌르는 연기 냄새가 섞여 있었다.

"…불이다! 주방이 타고 있다!"

멀리서 그런 외침이 들려왔다.

등 뒤에서 커다란 소리가 나서 탄다가 뒤돌아봤다.

바르사가 단창의 창고달로 덧문을 사방으로 찌르고 있었다. 마지막에 손바닥으로 한가운데를 쳐서, 바르사는 결국 덧문을 바깥쪽으로 쓰러뜨렸다.

"뭘 하는…?"

바르사는 대꾸하지 않고 뚜벅뚜벅 다가와 탄다의 목에 왼팔을 감고 꽉 껴안았다. 한순간만 시선을 마주친 다음, 바르사는 곧바로 발길을 돌려버렸다.

그리고 불러 세울 틈도 없이 덧문을 쓰러뜨린 창문으로 해서 밖으로 뛰쳐나갔다.

탄다는 황급히 창문으로 달려가 몸을 쑥 내밀었다. 마구간 쪽으로 뒷마당을 달려가는 바르사의 모습은 눈 깜짝할 사이에 어둠에 섞여 보이지 않았다.

순간 뒤쫓을지 말지 고민했지만, 곧바로 생각을 바꿔, 탄다는 복도로 뛰어나가 우왕좌왕하고 있는 사람들을 헤치며 치키사와 아스라가 자고 있는 방으로 향했다.

간신히 도착해 안을 들여다봤지만, 침구가 허물처럼 바닥에 있을 뿐, 두 아이의 모습은 보이지 않았다.

연기 냄새가 점점 강렬해졌다. 탄다는 바르사처럼 덧문을 쳐서 부수고 뒷마당으로 미끄러져 내려갔다.

화재를 알리는 경종이 울리기 시작했을 때, 시하나는 막 여인숙 뒷마당으로 나간 참이었다. 약 때문에 잠든 아스라는 귀를 때리는 종소리에도 깨어날 것 같지도 않은 채 등에 축 늘어져 있었다.

시하나는 소녀를 추슬러 올리고 마구간으로 향했다. 달은 이미 졌지만, 주방 근처가 벌겋게 물들어 있어 그 빛으로 마구간의 윤곽도 어렴풋이 볼 수 있었다.

연기 냄새를 맡은 걸까? 말들은 눈을 뒤집고서 울며, 발로 땅을 차고 있었다. 아무리 말을 잘 다루는 시하나지만, 다가가서 안정시키려면 양손이 필요했다.

혀를 차며 시하나는 일단 아스라를 땅바닥에 내려놨다. 그리고 자신의 말에게 다가가 낮은 목소리로 말을 걸면서 안장 앞쪽에 말아둔 가죽끈을 풀어 아스라한테 돌아왔다.

시하나는 아스라를 다시 업더니, 아스라의 허리 아래에 가죽끈을 감아 자신의 배 앞에서 묶고, 그 가죽끈 한쪽 끝으로 아스라의 축 늘어진 왼쪽 손목을 묶었다.

그 정도의 준비를 하고 말 쪽으로 돌아서려던 순간, 시하나는 어둠 속을 뭔가가 달려오는 기척을 느끼고 깜짝 놀라 그쪽으로 몸을 향했다.

허리띠 앞에 비스듬히 꽂고 있는 단검을 빼들고 그 그림자와 마주선 순간, 바람이 배에서 옆으로 휙 하고 지나쳐 갔다.

가죽끈이 뚝 끊어지며 풀려, 아스라가 땅바닥에 떨어졌다.

바람이 휙 스치며 뭔가가 턱을 향해 날아왔다. 시하나는 간신히 그것을 피했지만, 한발 물러서려다가 아스라에게 걸려 땅바닥에 벌렁 나자빠지고 말았다.

몸을 뒤집어 벌떡 일어난 순간, 왼쪽 귀를 걷어차여 시하나는 순간적으로 정신을 잃고 말았다.

시하나가 통나무처럼 땅바닥에 쓰러지는 것을 지켜보더니, 바르사가 단창을 땅바닥에 내리꽂았다.

그리고 짊어지고 있던 배낭을 배 쪽으로 돌려 아스라를 업고서 아스라의 발을 배낭끈에 묶었다. 그러고 나서 손목에 감고 있던 끈을 풀어, 아스라의 양손을 자신의 목 앞에서 묶어 떨어지지 않게 했다.

바르사는 단창을 오른손에 들고 마구간으로 들어서더니, 이미 안장이 얹혀 있는 시하나의 말에게 다가갔다. 흥분해 있는 말의 커다란 이와 눈의 흰자가 어둠 속에서 또렷이 보였다.

간신히 달래 말을 끌어냈을 때였다.

쇠가죽파리가 윙윙거리는 듯한 소리가 들렸다…라고 생각한 순간, 주위가 갑자기 불타올랐다.

순간 마구간에 불이 옮겨붙었나 했지만 그렇지는 않았다. 불길은 마치 의지가 있는 생물처럼 바르사를 둘러싸, 벽이 되어서 바르사를 가둬버렸다.

말이 날카롭고 높은 소리로 울며, 뒷다리로 일어서서 바르사를 흔들어 떨어뜨리려고 했다.

고삐를 필사적으로 잡아당기면서, 바르사는 요란한 소리를 내며 점점 다가오는 열기로부터 벗어나려고 단창을 든 오른손을 얼굴 앞으로 가져갔다.

그때 뭔가가 날아와 배에 쿵 하고 충격이 왔다. 배 쪽에 두르고 있던 배낭에서 단검의 칼자루가 튀어나와 있었다. …단검이 핑, 핑 소리와 함께 계속해서 허공을 가르며 일직선으로 바르사를 향해 날아왔다.

바르사는 간신히 단창으로 단검을 막아냈지만, 사방을 불길이 에워싸고 있어서 시계가 전혀 확보되지 않았다. 등 뒤에서 단검을 맞게 되면 아스라가 찔리고 만다.

그때 말이 갑자기 강하게 고삐를 끌어당겼다. 왼손으로 고삐를 붙잡고 있어서 옆구리 상처의 극심한 통증으로 바르사는 말고삐를 놓치고 말았다.

불길이 몸부림치며 점점 다가왔다. 열풍으로 숨이 막히고 눈앞이 새빨개졌다.

그러자… 차가운 바람 한 줄기가 화살처럼 불길의 벽을 뚫고 바르사를 감쌌다. 갑자기 숨 쉬기가 편해졌기에, 바르사는 무슨 일이 일어났나 해서 눈을 깜빡였다.

눈앞에 탄다가 서 있었다. 불길이 탄다의 몸을 핥고 있는 것을 보고, 바르사는 소리를 지를 뻔했다.

"걱정 마라. 그 불길은 환영이다."

탄다의 목소리가 들리고, 차가운 큰 손이 이마에 닿았다. 순간 눈앞의 불길이 약해지며 몸이 편해졌다. 탄다는 다른 한 손으로 말고삐를 잡더니 바르사의 손에 쥐어줬다.

"빨리 타!"

바르사는 얼른 고삐를 잡더니 날뛰는 말의 등에 올라타, 다리를 꽉 조여 말의 몸을 꼼짝 못 하게 했다. 그리고 고삐를 당겨 단숨에 불길을 뛰어넘더니, 눈앞에 늘어선 세 개의 사람의 형체를 향해 돌진했다.

그들은 당황하며 좌우로 갈라져서 피했으나, 하나는 채 피하지 못하고 땅바닥으로 굴렀다.

탄다와 스파루 일행이 싸우는 소리가 등 뒤에서 들려왔지만, 바르사는 뒤돌아보지 않았다. 뒤돌아보면 탄다의 배려가 수포로 돌아간다.

그러나 마음은 몹시 괴로워하며 외치고 있었다.

'그들은 탄다를 죽이지는 않아.'

자신이 아스라를 데리고 도망치면, 탄다에게 인질로서의

가치가 생길 것이다. …스파루라면 그렇게 생각할 것이다.

가슴속에서 신음하며 고개를 쳐드는 불안을 간신히 억누르며, 바르사는 오로지 앞만 보고 어둠 속을 빠져나갔다.

제2장

도망치는
짐승,
뒤쫓는 사냥개

1
사슴 사냥

높은 피리 소리가 깊은 숲속에서 들려왔다. 그 소리에 답하듯이 개 짖는 소리가 나무들에 메아리쳐 컹… 컹… 하고 허공에 울려 퍼졌다.

여름철에는 새까맣게 보이는 숲도 가을이 깊어진 지금은 이파리가 금빛으로 변하고 군데군데 떨어져서 투명한 가을 햇살이 비쳐 들었다.

그 숲 바로 앞에 광활하게 펼쳐져 있는 초원도 여름풀이 말라 노인의 머리카락처럼 퇴색해 바람에 하염없이 나부끼고 있었다.

그 초원에 10여 기의 기마가 조금 간격을 두고 흩어져 있다. 말을 탄 사람들은 그야말로 로타인답게 다리로만 말을 다루며, 등에 화살통을 짊어지고 활을 들고서 숲의 기척을 살피고 있었다.

하나같이 아름다운 준마에 올라타서 당당한 승마자세를 취하고 있었지만, 한층 더 눈을 끄는 것은 중앙에 우뚝 서 있는 두 기에 탄 사람들이었다.

눈부실 정도로 새하얀 말에 올라탄 자가 로타 왕 요사무라마이였고, 바로 뒤에 푸른빛이 감도는 듯한 흑마를 타고 있는 자가 요사무의 동생 이한이었다.

로타 왕 요사무는 올해 마흔다섯. 좀처럼 목소리가 거칠어지는 법이 없는 조용한 남자로, 사려가 깊고 정이 많은 군주로서 가신들한테도 백성들한테도 절대적인 신뢰를 받고 있다.

요사무 왕의 동생 이한은 올해 서른여섯. 형보다도 키가 크고, 채찍처럼 유연하고 날씬한 몸매를 하고 있다. 광대뼈가 튀어나왔고, 검은 머리를 짧게 깎았으며, 날카로워 보이는 얼굴의 남자였지만, 그 눈에 떠오른 밝은 빛이 강해 보이는 얼굴을 부드럽게 만들었다.

요사무와 이한의 아버지인 선대왕은 요사무가 스무 살이 되었을 무렵에 사망했다. 일찍부터 왕이 되어서 나라의 정사라는 중책을 짊어진 형을 이한은 음으로 양으로 잘 보필해왔다. 두 사람은 왕족으로서는 드물게 보는, 사이좋은 형제였다.

요사무에게는 딸은 셋 있지만 아직 왕자는 없다. 그렇기 때문에 이한은 왕의 동생일 뿐 아니라, 요사무에게 무슨 일이 있을 경우에는 제1왕위계승권을 가진 자이기도 했다.

피리 소리와 개 짖는 소리가 가까워져 왔다. 말을 탄 사냥꾼들의 긴장감이 고조되어갔다.

그러자 숲에서 노란 물체가 툭 튀어나왔다.

맨 먼저 사냥감을 발견한 사람은 이한이었다.

"…형님, 나타났어요!"

낮은 목소리로 이한이 말하자, 요사무도 사슴을 응시하며 얼른 말을 전력질주 하게 했다. 능수능란하게 다리로만 다루며, 활에 화살을 걸고 예비용 화살을 주먹에 꽉 쥐고서 밑으로 내렸다.

몰이꾼에게 쫓겨 튀어나온 것은 멋진 뿔을 자랑스럽게 곧추 세운 수사슴이었다. 요사무의 말과 비슷한 정도의 체구를 한 거대한 사슴으로, 사방을 포위당한 것을 알아차린 것이리라. 차가운 대기에 하얀 입김을 내뿜으면서, 도망치지 않고 요사무를 향해 돌진하기 시작했다.

지면을 떠내듯이 뿔을 낮추고서 똑바로 달려오는 거대한 수사슴에 요사무도 기죽지 않고 차분하게 말을 몰았다.

활을 최대한 잡아당겨 쏘려고 한… 순간, 말의 오른쪽 앞발이 갑자기 짤막해졌다. 풀에 가려 안 보였던 토끼굴을 세게 밟아 구멍을 판 것이다. 요사무는 앞으로 내팽개쳐져 한차례 뒹굴고는 땅바닥에 나동그라졌다. 꼼짝도 할 수 없는 그 몸을 향해 수사슴이 가차 없이 공격해 왔다.

사방에서 화살이 날아 수사슴에게 꽂혔지만, 수사슴의 돌진은 멈추지 않았다.

요사무의 얼굴에 수사슴의 발굽이 닿으려는 순간, 쿵 하는 소리가 나며 수사슴의 몸이 옆으로 튀어 오르더니 땅바닥으로 내동댕이쳐졌다.

그 목에서 이한이 던진 단창이 튀어나와 있었다. 수사슴은 경련하며 네 발로 허공을 차더니 이윽고 움직이지 않았다.

이한이 말에서 뛰어내리더니 형에게 달려가서 부축해 일으켰다.

가신들이 환호성을 질렀다. 이한은 말을 몰면서 화살로는 수사슴의 돌진을 막을 수 없다고 생각하자, 활을 내던지고 안장 앞부분에서 단창을 뽑아 들어 수사슴을 향해 던진 것이다. 이한의 팔이 포물선을 그리며 단창을 던진 그 멋진 순간은 남자들의 피를 뜨겁게 달구었다.

요사무는 충격을 받아 창백해져 숨을 헐떡였다. 동생의 부축을 받아 일어서더니, 그는 부끄러운 듯이 미소를 지었다.

"…고맙다. 네 덕분에 목숨을 건졌구나."

허리를 문지르면서 요사무가 나지막이 말하자,

"이런 동생이라도 가끔은 도움이 되네요."

하고 웃으면서 이한은 형의 등에 묻은 흙을 털어냈다.

"야르라스는…?"

왕의 애마 야르라스는 마치 수치스러운 듯 고개를 숙이고 요사무의 어깨에 코를 갖다 댔다.

"괜찮다, 네 탓이 아니다. 아무 데나 구멍을 파는 무례한 토끼 탓이지."

요사무는 재빨리 애마의 오른발을 어루만져 골절되지 않은 것을 확인하자, 안심한 표정을 지었다.

가신들이 달려와서 건네는 위로의 말을 온화한 표정으로 들으며, 왕은 수사슴의 뿔을 이한에게 주라고 명령했다.

이한은 피가 뚝뚝 떨어지는 뿔을 받더니, 들어 올려서 모두에게 보여줘 환호성을 지르는 남자들에게 응답했다. 그러고 나서 시종에게 그것을 던지며 갖고 돌아가라고 명령했다.

단창을 맞은 수사슴은 그대로 옮기기에는 너무 거대했기에, 시종 네 명이 그 자리에서 해체를 시작했다. 대지를 피로 더럽히지 않도록, 커다란 수사슴 가죽을 깔고 그 위에서 해체해갔다. 배를 가르자 뜨거운 김이 피어오르며 역한 냄새가 주위로 퍼졌다.

왕은 동생과 김이 모락모락 나는 간을 나눠 먹었고, 가신들에게도 돌렸다.

평소 같으면 두세 마리 잡지 않고는 사슴 사냥을 그만두는 법이 없지만, 왕의 몸을 배려해 오늘은 그대로 이한이 거주하는 성으로 귀환했다.

요사무가 발을 다친 애마에 올라타려 하지 않고 고삐를 잡고 걷기 시작했기에, 이한은 황급히 자신의 애마 카라무에 형을 앉혔다. 그리고 야르라스를 끌고 걷기 시작했다.

시종들이 황급히 말에서 내려 말을 양보하려 했지만, 이한은 그들을 만류했다.

"너희들은 말을 탄 채 주위를 지켜라. 우리는 천천히 이야기를 나누며 걸어갈 테니까."

시종들은 가볍게 인사를 하고, 이한의 분부에 따라 얼른 흩어져서 주위를 에워싸고 움직이기 시작했다.

이한이 성큼성큼 걸으면서 말 위의 형을 올려다봤다.

"형님이 도읍으로 돌아가시면 쓸쓸해질 거예요. 남쪽은 아직 따뜻하겠지만, 매해 형님이 가을 사냥을 즐기시고 귀환하시면, 제 영지는 초겨울 바람이 불기 시작하지요."

"작년에는 라크루, 야크시루 등의 북부 지방에서는 늑대에게 많은 피해를 입었지."

이한의 보폭에 맞춰 말을 걸리면서 요사무가 말했다.

"네. 올해에도 북부 지방의 각 씨족장한테서 피해에 대한 보고가 조금씩 들어오고 있지요. 올해는 보리 수확은 그럭저럭 괜찮은 편이었지만, 마한(흰 털의 양)에게 돌림병이 퍼져 꽤 많이 죽었거든요. 게다가 늑대에게까지 당해, 올 겨울에는 북부에서는 자칫하면 굶어 죽는 자가 나올지도 모릅니다."

힘찬 목소리로 이한이 대답했다.

"북부의 씨족장들에게 왕국에 내는 세금을 줄여주겠다는 말을 전할 생각입니다만.

그러면서 올해도 풍작이었던 남부의 대영주한테는 세금을 좀 더 징수해서 북부를 원조하는 데 써주셨으면 해요."

요사무가 입술에 쓴웃음을 머금었다.

"그러다가 넌 또 대영주들의 반감을 사게 된다."

이한이 코웃음을 쳤다.

"그런 건 이제는 신경도 안 써요. 씨족장들은 자신의 씨족령의 상황을 잘 알기에 가슴을 쓸어내릴걸요. 왕가의 친족이라는 혈통을 과시하며 우아하게 도읍에서 놀고 지내면서 남부의 풍요로운 씨족들에게 기생하고 있는 대영주보다 씨족

장들이 훨씬 더 소중하죠. 실제로 이 나라를 지탱하고 있는
것은 그들이니까요."

그렇게 말하고 이한은 미소 띤 눈으로 형을 올려다봤다.

"산갈의 왕자비가 이제 슬슬 출산할 때가 되었겠네요. 만
약 아들이라면, 해가 바뀌면 곧바로 산갈 왕가의 즉위식이
있을 가능성이 높죠. 내년의 지출 경비를 생각하면, 우리 왕
가도 올해는 고통스러운 겨울을 보내게 됩니다. 고귀한 피가
흐르니까 대영주들에게도 우리와 똑같은 고통을 분담시키도
록 하죠."

요사무의 뺨에 미소가 번졌다.

"그렇다면 너는 내일부터 사냥에 전념하도록 해라. 왕가의
식량을 충당하기 위해."

형의 농담을 듣자 이한은 기뻐졌다. 형은 가신 앞에서는 쉽
사리 마음의 변화를 보이는 일이 없다. 이런 형의 일면을 아
는 사람은 거의 없다.

"그건 안 되죠, 형님. 이 이상 숲의 형제(늑대를 뜻함)의 식량
을 축냈다가는 점점 피해가 심해지죠."

그렇게 말하고 나서, 이한은 진지한 얼굴로 돌아와서 덧붙
였다.

"그리고 전부터 말씀드리던 건데, 이걸 계기로 샤한(갈색

털의 양)을 좀 더 늘리라는 영을 각 영주에게 내리고 싶습니다만."

이한이 낮은 목소리로 말을 이었다.

"샤한은 올해 양들에게 퍼진 돌림병에 강하죠. 이런 때 샤한을 늘려두면 또다시 돌림병이 퍼져도 피해를 줄일 수가 있지요.

기후가 온화한 남부의 곡창지대와 달리, 북부는 소와 양, 산양에 의존할 수밖에 없어요. 이 이상 남부와 북부의 빈부 차가 벌어지는 것은 왕국을 위해 바람직하지 않다고 생각해요. 지금 북부에 어떻게든 손을 써야 합니다."

요사무가 동생을 내려다봤다.

"네가 전에 그 이야기를 했을 때, 내가 했던 말은 기억하고 있겠지?"

이한이 굳은 표정으로 고개를 끄덕였다.

예전에 이한은 양의 돌림병 피해를 줄이기 위해 샤한을 늘려야 한다고 형에게 진언한 적이 있다. 그때 요사무는 시기를 잘 택해 신중히 결정해야 한다고 이한을 설득했다.

로타인은 눈처럼 하얀 마한을 선호하고, 진흙과도 같은 갈색 털이 섞인 샤한을 부정 탄 양이라며 싫어한다. 털이 갈색이라도 양털은 쓸모가 있고, 젖이랑 고기 맛은 오히려 샤한이 더 좋을 정도지만, 취향이라는 것은 그런 논리로는 좀처럼 바꿀 수 없는 것이다.

하지만 요사무가 이 문제에 특히 신경을 쓰는 것은 또 한가지 깊은 사정이 있었다. 요사무는 동생의 평판을 염려한 것이다.

예전에 형이 그 점에 대해 언급했을 때, 이한은 이렇게 말하며 웃어넘겼다.

"왕의 동생은 특이한 사람을 좋아한다는 거죠? 터무니없는 이유를 들어 나를 우롱하고 싶어 하는 사람들은 그냥 제 멋대로 하게 내버려두세요. 나는 신경 쓰지 않으니까요."

10여 년 전에 이한은 숲속에 숨어 사는 타르족 아가씨와 사랑에 빠진 적이 있다.

변경의 성채를 순시하러 갔다가 갑작스러운 눈보라를 만나, 가신들과 헤어지게 된 이한은 숲속에서 동사할 뻔했다가 타르족 가족의 도움을 받은 적이 있다.

그 가족은 대부분의 타르족이 그렇듯이 덫사냥을 생업으로 삼으며 살아가고 있었다. 이한은 눈보라가 그칠 때까지 그들의 누추한 오두막에서 지내게 되었다.

이한은 그때까지 그렇게 가까이서 타르족을 본 적이 없었다. 어쩌다가 가끔 보게 되어도 그들은 곧바로 얼굴을 숙이고 두건으로 얼굴을 가려버리기 때문에, 왠지 모르게 추레하다는 인상밖에 없었다.

그렇기 때문에 그때 동상에 걸릴 뻔한 자신의 손발을 필사적으로 눈으로 문지르며, 육친처럼 간병해준 타르족 아가씨를 가까이서 보고 이한은 마음속으로 놀랐다.

그 아가씨는 얼굴이 하얀 꽃처럼 아름다웠고, 눈이 아주 맑았다. 추레하기는커녕 가난한 덫사냥꾼의 딸이면서도 고상한 기품마저 느껴졌다.

설화에는 한눈에 사랑에 빠지는 이야기가 자주 등장하지만, 이한은 그때까지 그런 일이 있을 리가 없다고 웃어넘겼었다. 사람과 사람은 천천히 대화를 나누고 접촉하는 과정에서 서로의 마음을 아는 법이다. 한눈에 사랑에 빠진다는 것은 그 사람의 용모에만 홀렸다는 뜻이 아닌가? 그런 얄팍한 사랑은 진정한 사랑이 아니라고 평소에 생각해왔다.

그러나 그때 이한은 분명히 사랑에 빠졌다. 타르족 아가씨의 눈동자를 본 순간, 온몸이 타오르듯이 뜨거워졌다. 곁에 없어도 그 아가씨 생각만 하면 어느새 심장이 격렬하게 뛰었다. 그런 사랑에 빠지고 만 것이다.

하지만 그것은 결코 용납될 수 없는 사랑인 것을 이한은 알고 있었다.

왕의 동생으로서 평범한 로타인보다 훨씬 더 상세히 '타르의 민족'에 대해 알고 있었기 때문이다.

로타 왕가의 사람들은 국정 운영에 핵심적인 역할을 하는데 반해, '타르의 민족'은 어떤 이유로 인해 두 번 다시 정치에 관여하지 않을 것을 맹세하고, 스스로 음지로 들어가서 조용히 살아온 사람들이다. 타르족의 선조와 로타 왕가의 선조는 깊이 숨겨진 역사 속에서 복잡하게 뒤엉켜 있었다.

하지만 이한은 원래 그런 역사나 유래 같은 것에 별로 개의치 않는 성격이었다. 중요한 것은 지금 이 순간이라고 항상 생각했다.

상황은 점점 변해가는 것이며 바꾸는 것 또한 가능하다. 그렇게 생각하며 그는 살아왔다.

게다가 이한은 주위 사람들의 평가에 개의치 않는 성격이다. 자신이 옳다고 생각하면 다른 사람이 욕하든 비판하든 신경 쓰지 않는다.

그렇기 때문에 눈보라가 그치고 성채로 무사히 귀환했을 때, 이한은 귀환을 기뻐하는 가신들에게 자신을 구해준 가족 이야기, 그리고 그 딸이 꽃처럼 아름다웠다는 이야기를 솔직하게 들려주었다. 그뿐만이 아니다. 그 후에도 틈만 있으면

그 아가씨 집에 드나들었다. 가신이 뭐라고 하든 들으려고
하지 않았다.

이것이 이한의 평판에 흠집을 내게 되었다.

예전부터 이한이 관례를 무시하고 온갖 개혁을 하는 것에
화가 나 있던 대영주들은 그 소문을 듣더니 이때다 싶어 이
한의 평판을 흠집 내기 위해 이용한 것이다.

요사무는 하찮은 중상모략 따위 개의치 않는다고 하는 대
범한 동생을 표정 하나 변하지 않고 바라보고 있다가, 마침
내 평소와 다른 엄한 어조로 나무랐다.

"네 말대로 하찮은 중상모략이지만, 이런 하찮은 것이 어
떤 순간에 뜻밖의 심각한 흠집을 만드는 경우가 있다. 그 점
을 절대로 잊지 마라."

이한은 형의 어조에 놀라, 그때까지 웃어넘기던 것을 좀 더
진지하게 생각해볼 마음이 들었다.

이한도 스무 살이 넘어, 예전에 몰랐던 것을 조금씩 알아가
게 되었다. 그는 형의 말에 묵직한 진리가 내포되어 있는 것
을 나름대로 깨달았다. 그렇다고 해서 자신의 행동을 조심하
려고 하지는 않았지만, 적어도 주의해야겠다는 생각은 하게
되었다.

그래도 여전히 이한은 아가씨와의 사랑을 포기할 생각이

없었다. 타르족을 아내로 삼아서는 안 된다는 왕국법은 없다
고 주장해 주위 사람을 놀라게 했다.

평소에는 온화해서 동생에게 화를 낸 적이 없는 형 요사무
왕이 이때만은 자기 방으로 불러들여서 동생을 야단쳤다.

"왕가와 타르족이 결혼해서는 안 되는 이유를 너는 잘 알
고 있을 것이다.

자신의 사랑을 위해 왕국을 위태롭게 할 생각이냐?"

이한은 격노하는 형에게 정면으로 반발했다.

"타르족 중에 무시무시한 신을 불러오는 능력을 가진 '초
능력자'가 태어난다는 이야기는 물론 알고 있어요. 그런 자
가 공포로 나라를 지배하는 일이 두 번 다시 일어나지 않도
록, 타르족이 스스로 음지에 살게 되었다는 것도요."

이한은 벌겋게 달아오른 얼굴로 말했다.

"게다가 왕족인 제가 타르족 아가씨를 아내로 맞으면 왕
가에 초능력자의 피가 섞일까 봐 두려워할 사람도 있겠지요.
그건 잘 알고 있어요.

하지만 타르족 모두가 그런 능력을 갖고 태어난 것은 아니
에요. 제가 사랑하는 아가씨는 아주 평범한 아가씨입니다."

요사무가 천천히 고개를 가로저었다.

"그런 건 상관없다. 문제는 그 아가씨 자체에 있는 것이 아

니다.

타르족과 왕가의 혼인은 있어서는 안 되는 일이다. 게다가 사람들의 감정도 있다."

이한의 얼굴은 점점 더 달아올랐다.

"만약 타르족이라는 이유만으로 그 아가씨가 멸시받는다면 그런 인식을 바꾸는 노력을 하는 것이 왕족의 의무죠. 앞길에 어려움이 있다고 해서 다른 길을 갈 생각은 없어요. 제가 가려는 길 앞에 고난이 있다면 그것을 바꿔보겠습니다!"

그러나 이한의 사랑은 갑자기 끝장이 났다. 타르족 아가씨가 사라져버린 것이다.

이한은 미친 듯이 사방으로 손을 써서 찾았지만, 아가씨의 행방을 알 수는 없었다. 절망에 빠진 동생에게 요사무가 말했다.

"너는 그 아가씨의 심정을 헤아려본 적이 있느냐?

네 아내가 되면 그 아가씨는 왕족으로서 살아야만 한다. 금기를 깼다고 떠들어대는 왕족들, 그리고 타르족을 멸시하는 로타인 사이에서 평생을 가시방석 위에서 살아야만 하는 그 아가씨의 심정을 너는 헤아려봤느냐?"

형의 말은 젊은 이한의 가슴을 관통했다.

그러고 나서 15년 이상의 세월이 흘러, 왕족의 의무로서 아내를 맞이해 1남 1녀를 둔 지금도 이한의 마음속에는 그 타르족 아가씨의 모습이 잠들어 있다. 그러나 이한은 열정만 있으면 뭐든지 해낼 수 있다고 생각할 정도로 더 이상 젊지는 않았다.

다만 타르족 아가씨와의 사랑은 이한을 크게 변화시켰다.

이한의 눈에는, 타르족은 더 이상 숲속에 숨어 사는 기분 나쁜 '기인'이 아니라, 웃기도 하고 울기도 하는, 피가 흐르는 사람으로 비치게 되었다.

그러다 보니 지금까지 보이지 않던 것이 눈에 띄었다.

타르족이 집 옆을 지나쳐 가면 큰 소리로 아이들을 집으로 불러들이고 문을 잠그는 로타인들. 시장에 모피를 팔러 나온 타르족을 아무 이유도 없이 싫어해 차갑게 대하는 상인들….

자신이 왕족으로서 정사를 보고 있는 이 나라에, 학대당하고 미움받으며 살고 있는 사람들이 있다는 것을 이한은 처음으로 깨닫게 된 것이다.

로타와 타르 사이의 깊은 골. 누군가가 이것을 메우는 노력을 시작해야 한다고 이한은 생각했다. 왕족인 자신과 타르족 아가씨가 사랑에 빠지고 헤어져야만 했던 이 운명에는 허무감이나 슬픔 이상의 의미가 있다고 생각하고 싶었다.

그 이후로 그는 여러 가지 개혁을 하나씩 시작해갔다.

타르족이라는 이유만으로 그들을 멸시하는 로타인의 마음을 조금이라도 바꿔가려는 생각은 지금도 변하지 않았다. 그러나 나이를 먹음에 따라서 누군가를 멸시하고 증오하는 마음이라는 것이 얼마나 바꾸기 힘든지를 이한은 뼈저리게 느끼게 되었다.

이한이 말 위의 형을 올려다보며 물었다.

"…형님은 샤한을 늘리는 것을 반대하십니까?"

요사무는 잠시 생각하더니 이윽고 말했다.

"아니. 나도 이것이 좋은 기회라고 생각한다. 이 명령은 네가 아니라 내가 직접 칙명으로 내리기로 하지."

이한의 얼굴이 환해졌다.

"고맙습니다, 형님! 역시 우리 형님이야. 양에게 돌림병이 퍼지든 늑대가 늘어나든, 형님이 왕으로 계시는 한 로타는 평온할 겁니다."

이한이 밝은 어조로 말했지만, 그때 요사무의 얼굴이 갑자기 흐려졌다.

"…형님?"

"평온이라. 내가 언제까지 로타를 지켜줄 수 있을까?"

요사무의 목소리가 한층 더 낮아져, 이한에게조차 잘 들리지 않을 정도였다.

"어떻게 해서든 국력을 안정시켜야만 한다. 샤한을 늘려도 그리 대단한 변혁은 안 되겠지만, 네가 말하듯이 남부와 북부의 격차를 더 이상 벌려서는 안 된다. 남부의 대영주들이 자신들만이 로타 왕국의 대표라고 착각하지 않도록."

이한은 멍하니 허공을 응시하고 있는 형을 올려다봤다.

"대영주들한테서 무슨 말이 나왔나요?"

요사무가 쓴웃음을 지었다.

"그들은 한 번 안 된다고 결정한 사항을 몇 번이고 다시 문제 삼고 있구나. 조금 지쳤다."

이한의 눈에 분노의 빛이 떠올랐다.

"쓰라무항 이야기인가요? 남부의 대영주들은 아직도 그 이야기를 포기하지 않았군요."

반년 전쯤에 바다 건너 남쪽 대륙에서 세력을 넓혀가던 타르슈 제국이 로타에 사신을 보내왔다.

남쪽 대륙과의 교역은 전부 산갈 왕국을 통해 이루어지고 있는데, 로타 왕국 남부의 쓰라무라는 항구를 타르슈 제국과의 교역을 위해 개항해주면, 산갈 왕국을 거치는 것보다 훨씬 싼 가격의 교역을 약속하겠다고 제안해 온 것이다.

타르슈 제국에서 로타 왕국까지의 해로는 거리가 상당하다. 하지만 2년 전에 타르슈 제국은 이웃나라 카랄 왕국을 손에 넣어, 스갈해에 점점이 떠 있는 섬도 지금은 타르슈 제국의 지배하에 있다. 스갈해를 북상하는 해로를 취하면, 타르슈 제국에서 로타 왕국까지는 멀긴 하지만 섬을 따라서 어떻게든 올 수 있는 거리가 된 것이다.

　스갈해가 타르슈 제국의 손에 들어가도 로타 왕국의 지배자층은 별로 불안해하지 않았다. 산갈 왕국의 제도들과 달리, 스갈해에는 별로 섬이 없다. 바다를 이용해 공격해 오려면 엄청난 자금과 시간을 들여야만 한다. 타르슈 제국이 로타를 공격하기 위해 그런 쓸데없는 낭비를 할 것 같지 않았기 때문이다.

　그렇기 때문에 교역항을 열어달라는 이야기에 남부의 대영주들은 솔깃했던 것이다.

　"항구를 하나 열었다고 해서 타르슈 제국이 로타를 공격할 발판이 되거나 하지는 않습니다."

하고 아만을 비롯한 대영주들은 침을 튀기며 열변을 토했다.

　"산갈 왕국을 거치는 교역이 아니라 풍요로운 남쪽 대륙과 직접 교역이 가능해지면, 엄청난 이익입니다! 나라의 발전을 최우선적으로 생각해야 합니다."

하지만 요사무는 씨족회의에서 개항 반대를 관철시켰다.

로타 왕국은 신요고 황국처럼 멋진 견직물이나 도기 등을 생산하는 기술이 없다. 칸발 왕국과 같은 보석도 없다. 로타 왕국 상품 중 남쪽 대륙 사람들이 원하는 것은 철광석을 비롯한 자원 정도다. 철광석은, 로타 왕국을 지배해 산지에서 철제품으로 가공한다면 몰라도 너무 무거워 운반에는 부적합한 물품이다.

모피와 양모라면 가벼우니까 해운에 적합하지만, 이것도 머나먼 해로를 북상해서 오는 비용을 생각하면 산갈을 거친 교역보다 이익이 박하다.

결국 애써 로타 왕국과 직접 교역을 해도 타르슈 제국에는 아무 이득도 없다. 그렇다면 타르슈 제국이 이런 제안을 한 의도는 따로 있다고 생각해야 한다.

쓰라무항을 보급용 항구로 생각한다면 그들에게는 이익이 있다. 쓰라무항을 발판으로 삼아 남북을 잇는 해로를 확보해 갈 수가 있으니까.

이 정도로 멀면 위험이 없다고 안심하게 놔두고서, 빗방울이 돌을 뚫는 것과 같은 끈질긴 방법으로, 교역을 발판으로 해서 이윽고 해로를 갖춰 공격해 갈 기초를 하나하나 만든다. 타르슈는 그런 생각을 하고 있음에 틀림없다.

게다가 타르슈 제국의 제안을 받아들이면 산갈 왕국과의 관계가 위태로워진다. 이제까지 아주 좋았던 로타와 산갈의 신뢰 관계에 골이 생기면, 그것도 타르슈 제국으로서는 고마운 일일 것이다.

요사무가 나지막이 말했다.

"이 시기에 산갈 왕국을 방문할 수 있다는 것은 고마운 일이다. 이것을 계기로 양국의 관계를 보다 돈독히 해두어야만…."

그렇게 말하며 요사무가 동생을 쳐다봤다.

"내가 외교활동을 하는 동안, 나라 안을 잘 다스려주었으면 한다."

이한이 긴장한 얼굴로 고개를 끄덕였다.

"남부의 대영주들은 북부를 짐짝으로밖에 여기지 않아요. 남부의 씨족과 북부의 씨족을 대등한 관계에서 하나의 왕국으로 통합하는 것이 우리 왕가의 역할이라는 것을 명심하고 있습니다."

그렇게 말하면서 이한도 요사무도 마음속으로 불안감을 느꼈다.

요사무가 살아 있는 동안에는 왕가에 대한 반역이 일어나는 일은 없을 것이다. 하지만 요사무에게 무슨 일이 일어나면, 이한이 남부의 대영주들을 통솔해갈 수 있을지 어떨지….

능력의 문제가 아니다. 북부의 씨족에게 절대적인 인기가 있는 이한이지만, 남부의 대영주들한테는 미움을 받고 있는 그에게는 요사무처럼 왕국 전체를 통합할 수 있는 인망이 없는 것이다.

형제는 잠시 입을 다물고, 이슬에 젖은 풀을 밟으며 걸어갔다.

요사무가 불쑥 입을 열었다.

"참. 또 한 가지, 너에게 확인하려 한 것이 있다.

신타단 감옥 건은 그 후에 무슨 연락이 있었느냐?"

이한이 고개를 저었다.

"아뇨. 스파루가 중심이 되어 상황을 살피고 있는데 아직 연락은 오지 않았어요."

"그렇구나."

요사무는 말발굽이 낙엽을 밟는 소리를 듣고 있었다.

"출입금지 구역에 들어간 여자가 처형되었고, 처형을 구경하던 자들이 상상을 초월한 방식으로 살해당했다."

요사무가 중얼거렸다.

"스파루가 필사적으로 진상을 파헤칠 만도 하군."

이한이 형을 올려다보며 쓴웃음을 지었다.

"무시무시한 타르하마야가 여자의 부름에 응답해 나타나

기라도 했다는…? 스파루는 카샤루(사냥개)니까요. 어디서든 타르하마야의 냄새를 맡으려 하는 것도 무리는 아니지만, 처형당한 여자가 신을 부르는 능력을 가진 초능력자는 아니었잖아요?"

"그렇다고 들었다. 나는 그때 스파루한테서, 초능력자가 아니라 평범한 여자라 금기를 범한 미치광이로서 신타단 감옥에서 처형한다는 보고를 받았다."

"그렇다면 역시 그건 늑대떼 짓이었을 거예요. 저는 그렇게 생각해요."

요사무의 얼굴에도 쓴웃음이 나타났다.

"어찌 되었든 이미 그 여자는 처형되었다. 그 문제는 당장에 위험이 닥칠 염려는 없다고 생각해도 좋겠지."

❧

로타 왕이 사슴 사냥을 할 무렵, 끔찍한 참사가 일어난 신타단 감옥에서 그리 멀지 않은 깊은 숲속에서도 사슴 한 마리가 덫사냥꾼 네 명에게 붙잡혔다.

덫사냥꾼이 넷이나 들러붙어서 끌어안아 옮기고 있는 사슴은 상처도 없었고, 게다가 아직 살아 있었다. 사슴의 습성을 잘 아는 그들은 사슴들이 종종 핥으러 오곤 하는 바위소금이 있는 절벽의 사슴 혀 자국이 난 곳에 챠쓰라는 마취약을 발라놓은 것이다.

차쓰는 매우 희귀한 풀에서, 그것도 아주 소량밖에 나지 않는 비약이다. 평소에 사슴을 잡을 때는 쓰지 않는다. 하지만 이 사슴은 특별했다. 타르쿠마다(음지의 사제)한테 부탁받은, 타르하마야신에게 바치는 제물용 사슴인 것이다. 이 사슴의 도살은 신을 모시는 사제가 맡으며, 그때까지는 상처를 조금이라도 입혀서는 안 된다.

덫사냥꾼들은 '타르의 민족'이었다. 평소에는 숲속 깊숙이 살며, 1년에 몇 차례만 로타인의 씨족령 밖에 서는 시장에 모피나 말린 고기를 팔러 간다. 로타인은 숲을 늑대나 마물이 사는 곳이라며 두려워해, 특히 숲속 깊숙이 들어가는 법이 없다. 그렇기 때문에 '타르의 민족'은 대부분 이렇게 왕국 각지에 퍼져 있는 숲속에서 조용히 살고 있었다.

덫사냥꾼들이 사슴을 운반하고 있는 숲은 로타 왕국 북부에 동서로 좁고 길게 퍼져 있는 샨(무시무시한 숲)으로 불리는 특별한 숲이었다.

샨의 동쪽 끝은 신타단 감옥에서 그리 멀지 않은 숲에서 시작해, 중앙에는 태곳적에 도읍이 있었다고 하는 출입금지 구역인 숲이 있고, 서쪽 끝은 불모의 땅으로 이어져 있다.

샨의 동쪽 끝에 해당하는, 이 숲 남쪽의, 숲이 끊어지고 초원이 시작되는 부근에는 로타인이 아파루신을 모시는 거대한 신전이 있다. 이 신전에서는 아침과 저녁에 로타인 사제들이 과일과 곡물을 신에게 바친다.

하지만 신전 뒤쪽 벽에 '열리지 않는 문'이 있는 것을 아는 로타인은 별로 없었다.

그것은 진짜 문이 아니라 벽에 그려진 문양이다. 이것은 신전 뒤로 펼쳐진 샨에서 '무시무시한 신'이 나오는 것을 막기 위해 그려진 문양이었다.

왕국의 동쪽에서 서쪽에 걸쳐 세 개가 있는, 아파루신을 모시는 신전은 모두 샨의 경계 부근에 위치한 것을 생각하면, 이 신전들은 샨에서 '무시무시한 신'이 못 나오게 하기 위한 것임을 알 수가 있다.

그리고 샨 속에는 다른 성격의 신전이 몇 개인가 있다. 이것은 타르족의 신전으로, 이 신전을 지키는 것은 타르쿠마다들이었다.

덫사냥꾼들은 사슴을 골짜기로 운반해 내려놨다. 맑은 물이 철썩거리며 돌멩이를 씻어내고 있는 자갈밭에 갈색 옷을 걸친 사람 열 명이 기다리고 있었다. 두 노파와 세 노인은 타르쿠마다, 그 뒤에 서 있는 다섯 명의 남녀는 라마우(섬기는 자)로, 하나같이 얼굴 윤곽이 또렷하다.

타르쿠마다들은 덫사냥꾼들에게 일단 사슴을 자갈밭에 내려놓으라고 지시했다. 그리고 모두 모여 사슴을 둘러싸고서 양손으로 물을 뜨더니 그 물을 사슴에게 부어 정화시켰다.

그리고 덫사냥꾼들에게 사슴을 들어 올리라는 신호를 보내 그들을 에워싸고서 나무 사이로 뻗어 있는 좁은 길을 천천히 걷기 시작했다.

걷다 보니 머리 위에서 나뭇가지들이 바스락거렸다. 타르하마야신의 신전을 지키는 원숭이들이 단풍 든 나뭇잎 사이에서 그들을 지켜보고 있는 것이다. 타르쿠마다들이 이렇게 신전을 방문해 의식을 치르면, 원숭이들은 공물을 얻어먹을 수가 있다. 그렇기 때문에 그들은 경계하는 울음소리도 내지 않고 행렬을 조용히 내려다보고 있었다.

신전이 가까워지면서 타르쿠마다들과 덫사냥꾼의 얼굴이 차츰 굳어지며 긴장으로 창백해졌다.

타르쿠마다들은 신전이 가까워짐에 따라 가슴이 죄어 오는 것 같은 심정이었다. 여기 오니 바로 얼마 전에 일어난 일을, 그리고 자신들이 내려야 했던 냉엄한 판결을 떠올리지 않을 수 없었기 때문이다.

출입금지 구역에 침입해 금기를 깬 죄로 처형된 여성 토리시아.

그녀에게는 치키사와 아스라라는, 아직 열네 살과 열두 살밖에 안 된 어린아이들이 있다. 타르쿠마다들도 가능하면 처형을 막고 싶었다.

하지만 그녀가 저지른 죄는 타르쿠마다로서는 절대로 용서할 수 없는 죄였다.

어머니를 잃은 두 아이들은 신타단 감옥에서 사라졌다고 한다. 고아가 되어 타르족에게 돌아갈 수도 없는 어린 오누이는 지금 어디를 헤매고 있을까? 살아 있을까?

사제들은 가슴속에 차가운 돌을 끌어안고 있는 듯한 심정으로 신전의 숲속을 고개 숙인 채 걸어갔다.

토리시아는 16년 전에 불현듯 이 숲에 나타났다. 가족을 전부 사고로 잃어 천애고독의 몸이 되고 말았다고만 간단히 설명한 토리시아에게, 사제들은 자그마한 오두막을 주어 신전 경내의 숲에 살게 했다.

'타르의 민족'은 이따금 로타인에게 폭행을 당하는 경우가 있다. 토리시아처럼 의지할 데가 없어진 사람이 로타인의 접근이 불가능한 숲속으로 타르쿠마다를 믿고 도망쳐 들어오는 것은 그리 드문 일이 아니었다.

그 당시 토리시아는 거의 오두막에 틀어박혀 지내며 말수가 적었지만, 온화하고 현명한 사람이었다.

그런데 몇 년 전부터 사람이 완전히 변한 것을 사제들은 어렴풋이 눈치채고 있었다.

그때까지 조용히 사제들의 설교를 듣던 토리시아가 어느 순간부터 설교 듣는 것을 싫어하게 되었다. 집회에도 나오지 않았고, 아이들을 '가르침의 장'에 데리고 오지도 않았다.

그러다가 결국 끔찍한 죄를 범한 것이다. 출입금지 구역에 있는 묘소에 몰래 들어가는 죄를….

그녀가 처형되었을 때의 참사, 그것은 무시무시한 신 타르하마야의 소행이 분명했다. 전해 들은 현장의 광경이 끔찍해, 타르하마야신의 잔인한 살육에 타르쿠마다들은 속으로 겁에 질려 있었다.

하지만 한편으로 그들은 어딘가 위화감도 느끼고 있었다.

타르하마야신을 불렀다는 것은 토리시아가 챠마우(신을 불러오는 자)의 능력을 갖고 있었음을 뜻한다. 토리시아는 출입금지 구역의 묘소 안에서 그런 능력을 얻은 것일까?

타르쿠마다들은 아무래도 그 점을 납득할 수가 없었다. 토리시아는 초능력자가 아니었다. 그것만은 틀림없다. 토리시아가 초능력자였다면, 초능력자인 타르쿠마다들이 몰라봤을 리가 없다.

초능력자는 마음으로 통한다. 말처럼 확실히 의사는 전할 수 없지만 뭔가 느낄 수 있다.

하지만 토리시아한테서는 아무것도 못 느꼈다. …다만 그녀의 딸 아스라는 아마도 초능력자일 거라는 예감을 많은 사제들이 갖고 있었다.

또한 초능력자는 보통 사람이 못 보는 풍경을 볼 수 있다.

이 세상과 겹쳐진 신들의 세계를 어렴풋이나마 볼 수가 있다.

태곳적에 이 땅을 공포로 지배한 자가 초능력자였기에, 초능력자로 판명된 아이는 신전 옆 성역에 모여 평생 신을 모시며 사는 라마우(섬기는 자)가 되는 것이 관례였다.

엄격한 계율을 지키면서, 결혼하지도 않고 자손을 남기지도 않으며 그저 성역의 숲에서 살아가는 삶.

사제들은 열네 살에 라마우가 되어 성전(聖傳)을 암송하고, 의식(儀式)을 배우고, 마음의 평안을 얻는 법을 배워, 마흔이 되는 해에는 타르쿠마다가 된다.

아무런 자극도 없는 생활인 것은 분명하지만, 이 세상의 평안을 지킨다는 점에서 의미 있는 인생을 살아갈 수가 있다.

하지만 아이가 초능력자인 것을 알면 부모들은 당황하게

마련이다.

토리시아가 아스라를 라마우로 만들고 싶지 않아 그런 짓을 했을 거라고 한 사제가 있었으나 다른 사제들은 동의하지 않았다.

단순히 그 정도의 이유로 출입금지 구역에 몰래 들어가 무시무시한 신을 불러오는 능력을 얻으려고 할 리가 없다.

아파루신을 모시며 무시무시한 타르하마야신이 찾아오는 것을 막기 위해 자신의 일생을 바치는 타르쿠마다들조차도 신전에 다가가면 소름이 돋을 정도로 무섭다. 한참 더 안쪽에 있는 출입금지 구역에 들어가려고 한 토리시아의 심정은 아무도 상상조차 할 수 없었다. 사제들은 토리시아가 미쳤다고 생각할 수밖에 없었다.

사슴을 안은 덫사냥꾼들과 타르쿠마다들은 어둑어둑한 숲속을 묵묵히 걸어갔다.

잠시 후 저 멀리에 거목 세 그루가 보이기 시작했다. 사람 키의 다섯 배는 될 듯한, 거대한 바위를 둘러싼 세 그루의 거목. 바위 중앙에는 갈라진 틈이 있다. 그 틈은 사람 하나가 지나갈 수 있을 정도의 크기로, 안은 캄캄해서 들여다볼 수가 없어 어둠으로 유혹하는 길의 입구처럼 보였다. 거목의 뿌리

가 바위와 대지를 꿰매 붙였으며, 뿌리도 바위도 짙은 초록
빛 이끼로 뒤덮여 있었다.

바위의 틈새 앞에 매끄럽게 다듬은 검은 판석 제단이 마련
되어 있다. 이 바위 틈새가 타르하마야신이 사는 '성스러운
강'으로 통한다고 하는 신전이다.

신전 안쪽에는 묘소가 있다. 까마득한 옛날에 잔혹한 신과
하나가 된 자의 묘소가. 그곳은 절대로 들어가서는 안 되는
출입금지 구역이다. 그리고 그곳이 아스라의 어머니 토리시
아가 몰래 들어가 금기를 깨는 대죄를 범한 장소였다.

하얀 햇빛이 수류(水流)처럼 거목을 따라서 바위로 쏟아져
내렸다.

그들은 신전에서 멀리 떨어진 곳에서 발걸음을 멈췄다. 그
리고 겁에 질린 채 신전을 쳐다봤다.

바위 틈새 안쪽의 피쿠야(신의 이끼)가 파르께한 빛을 띠고
있었다.

어느 부분이 반짝이는 듯하다가 바로 그 위까지 반짝이고,
그러다가 그 반짝이는 부분이 아래로 물결치며 내려갔다가
또다시 올라간다. 마치 눈에 보이지 않는 파도에 실린 것처
럼 빛은 한순간도 쉬지 않고 물결쳤다.

그 이끼의 빛이 흔들리는 것으로 봐서, 거기에 눈에는 보이지 않는 수면이 있는 것은 분명했다. 어디선가 흘러왔다가 어디론가 흘러가는, 그곳에 있을 리가 없는, 이 세상이 아닌 수면이 푸르스름하게 빛나며 흔들렸다.

가을도 깊어져 예년 같으면 누렇게 마르기 시작하는 피쿠야가 그 물결에 닿은 부분만은 정기로 충만한 싱싱한 초록빛으로 빛났다.

타르쿠마다와 덫사냥꾼들은 이 기적을 말없이 응시하고 있었다. 보름쯤 전에 성스러운 강이 흐르는 것을 처음으로 발견한 사람은 너무 놀란 나머지 꼼짝도 할 수 없었을 정도였다고 한다.

까마득한 태곳적부터 전해 내려온 성전에 의하면, 눈에 보이지 않는 이 강은 이 세상의 저편에 있는, 무척 풍요로우며, 눈으로 덮인 봉우리가 우뚝 솟아 있는 신들의 세계 '노유크'에서 흘러온 눈 녹은 물이다.

만물을 창조한 어머니 신 아파루는 '노유크'의 사계절의 순환도 관장하고 있다.

'노유크'에 봄이 오면, 아파루신은 엄청난 양의 눈 녹은 물을 큰 강으로 만들어, 영양이 풍부한 그 물을 다른 세계로 흘려보내 풍요로움을 나눠준다고 한다.

사람들의 기억에 없을 정도로 까마득한 옛날부터 사람이 몇 세대가 바뀔 정도의 간격을 두고서, 눈에 보이지 않는 이 성스러운 강이 이따금 로타의 대지로 흘러왔다.

눈에는 보이지 않아도 '노유크'에서 흘러온 강이 적신 대지는 그 이전보다 초록빛이 선명해지고, 보리도 훨씬 더 많이 맺혔다고 한다.

북쪽 대지에서도 피쿠야에 영양이 풍부한 열매가 맺혀, 짐승들이 그걸 먹고 번식하고, 늑대도 굶주리지 않아 겨울에도 가축을 해치지 않았다고 한다.

머나먼, 이 세상 저편의 '노유크'가 지금 또다시 봄을 맞이했을 것이다. 신들의 세계의 봄은 길어 100년은 계속된다. 이 강은 이제부터 100년 동안 이 땅을 적시리라.

그러나 다른 세계에서 흘러오는 이 자비의 강은 또한 아파루신의 못된 아들 타르하마야가 물결을 타고 다가오는, 재앙을 품은 강이기도 했다.

타르쿠마다 중 하나가 고개를 숙이고 바들바들 떨며 나지막이 말했다.

"하사루 마 타르하마야(무시무시한 신이 흘러오는 강)…. 오오,

우리가 진심으로 기도드립니다. 부디 타르하마야를 진정시
켜주시옵소서. 강에서 이 땅으로 오시는 일이 없도록 진정시
켜주소서…."

무릎걸음으로 제단으로 다가간 그들은 지난번에 제물로
바친 짐승의 흔적을 핏기 없는 얼굴로 응시했다. 제물로 바
친 짐승은 이미 원숭이들에게 먹혀 사라졌지만, 피가 흐른
흔적이 있었다.

사제들은 덫사냥꾼에게 사슴을 제단에 올리라고 명령했다.

"우리가 따뜻한 사슴을 바칩니다. 부디 이 피로써 타르하
마야를 진정시키소서."

사제들은 일제히 성전 구절을 외우기 시작했는데, 갑자기
한 사제가 뭔가를 목격하고서 숨을 멈췄다.

"저… 저걸, 저걸 봐라."

다른 사제들이 미간을 모으고서 그가 보고 있는 쪽을 돌아
봤다. 이윽고 한 사람, 또 한 사람이 그것을 발견하고서 눈이
휘둥그레졌다.

눈에 보이지 않는 강의 잔물결에 젖어 반짝이는 이끼의 일
부에 빨간 물방울이 배어 나와 있었다. 띄엄띄엄 여러 곳이
시뻘건 빛으로 물들어 있었다.

사제들의 얼굴이 더욱더 창백해졌다.

"아니… 저건 징표가 아닌가…?"

속삭이는 목소리에 다른 목소리가 겹쳐졌다.

"그렇다. 분명히 징표가 배어 나와 있다."

"그렇다면… 챠마우(신을 불러오는 자)가 아직 살아 있다는 말인가?"

사제들은 얼어붙은 듯이 몸을 떨었다. 방금 제물로 바친 사슴의 피일 리도 없다. 그렇다면….

"설마. 챠마우의 사체는 신타단 감옥에서 발견되었는데."

사제 하나가 속삭였다.

"신타단에서 그녀가 처형되었을 때, 분명히 신전의 이끼가 온통 징표의 물방울로 새빨갛게 물들었다. 그것은 챠마우로서의 그녀의 능력이 처음이자 마지막으로 발현된 거라고 생각했는데…. 이게 대체 어찌 된 일이지…?"

나이 든 타르쿠마다들은 전율하며 빠져들듯이 그 이상한 붉은 물방울을 응시하고 있었다.

그들 뒤에서 고개를 숙이고 있는 라마우(섬기는 자)들은 입가에 떠오르는 미소를 감추지 못했다.

당황하고 있는 사제들과는 정반대로 라마우들의 내리뜬 눈에는 기대에 가득 찬 빛이 흔들렸다.

2
교활한 짐승

탄다는 싸구려 여인숙의 어두침침한 방 안에 앉아 있었다. 손목을 뒤로 묶여 있어서 등도 팔도 아파 견딜 수가 없었다. 그래도 거적에 돌돌 말려 짐짝처럼 말 등에 얹힌 채로, 말이 달리는 진동을 그대로 배에 계속 받는 것보다는 훨씬 나았다.

스파루는 무척 화가 난 듯했다. 너무 고통스러워 탄다가 토하고 신음해도, 새 역참에 도착할 때까지 거들떠보지도 않고 말을 달리게 했다. 같은 취급을 받은 치키사는 아직 일어나지도 못한 채 신음하고 있다. 몸을 주물러주고 싶지만, 기둥과 몸을 묶은 밧줄이 간신히 눕거나 앉을 수 있을 정도의 길이밖에 안 돼, 방 맞은편에 쓰러져 있는 치키사까지는 아무리 해도 안 닿는다.

바르사에게 당하고 기절한 젊은 여자만 스파루와 함께 역참까지 오고, 다른 두 남자는 바르사를 뒤쫓아 갔다.

'시간적으로 여유가 별로 없었는데, 바르사는 무사히 도망쳤을까…?'

바르사를 쫓아간 남자들은 주술사들일까? 스파루와 같은 계통의 주술을 쓰는 자들이라면 짐승을 '눈'으로 사용할 것이다.

무엇보다도 두려운 존재는 스파루의 매다. 그가 항상 어깨에 얹고 있는 그 매는 틀림없이 그의 혼을 싣는 '눈'일 것이다. 게다가 그 매는 바르사를 본 적이 있어 잘 안다. 지금쯤 그 예리한 눈으로 바르사와 아스라를 찾기 위해 하늘을 날고 있을 것이다. 바르사에게 그 매에 대해 자세히 이야기해줄걸 그랬다. 이제 와서 후회해도 너무 늦었지만….

그런 생각을 하면서도 탄다는 이상하게도 별로 걱정이 안 됐다.

물론 불안하긴 했지만, 안절부절못할 정도는 아니었다. 자신이 이 정도까지 바르사의 능력을 믿고 있는 것을 깨닫고, 탄다는 쓴웃음을 지었다.

인질이 된 것은 한심한 일이지만, 구역질이 가라앉아 천천히 생각할 여유가 생기자, 그렇게 나쁘게만 볼 일도 아니라는 생각이 들기 시작했다. 이렇게 같이 엮여 있다 보면, 스파루 일당이 무슨 생각을 하는지 어떻게 행동할 것인지를 조금은 알 수 있을 테고, 무엇보다도 치키사와 함께 있을 수 있다.

문이 열리고 젊은 여자가 들어왔다. 사발을 들고 있었다. 여자는 말없이 탄다의 입에 사발을 들이댔다.

뜨거웠지만 탄다는 저항하지 않고 마셨다. 냄새로 무슨 탕약인지 알았기 때문이다. 말에 계속 배를 부딪힌 탄다의 몸을 스파루가 염려하는 것이리라.

"…나보다도 치키사에게 마시게 해줘라."

절반도 마시지 않고 입을 떼며 탄다가 그렇게 말하자, 여자가 탄다를 봤다. 차가운 지성을 느끼게 하는, 겨울의 맑은 호수 수면과 같은 눈이었다. 얼어붙은 호수의 수면 아래에는 바닥이 보이지 않는 깊은 어둠이 퍼져 있었다.

안색이 나쁘고, 미간에 새겨놓은 듯한 주름이 있었다. 강인해 보이는 얼굴인데 스파루를 무척 닮았다. 처음으로 찬찬히 얼굴을 보며 탄다는 두 사람이 닮았다는 데 생각이 미쳤다.

"그대는 스파루의… 딸인가?"

탄다의 그 온화한 목소리가 뭔가를 자극했는지, 고요하던 여자의 눈에 문득 초조한 듯한 표정이 떠올랐다. 탄다는 알 리가 없지만, 그것은 시하나가 좀처럼 남에게 보이지 않는 표정이었다.

탄다나 바르사 같은 사람을 시하나는 싫어했다.

아무것도 모르는 주제에 눈앞의 정에만 이끌려서 사는 인간. 선의에 의한 행동일 거라고 생각하니 혐오감이 부글부글 끓어올랐다.

그녀는 탄다에게 얼굴을 바싹 들이대더니 정확한 요고어로 속삭였다.

"나는 시하나. 기억해두어라. 나는 반드시 그 여자를 죽일 거다."

탄다는 시하나의, 바늘 끝처럼 동공이 오므라든 눈을 응시했다. 이 여자가 바르사한테 왼쪽 귀를 차였다고 스파루에게 말한 것을 떠올리며 탄다가 나지막이 말했다.

"…바르사는 그대를 안 죽였는데도?"

시하나가 살짝 미소를 지었다.

"그 여자는 곧 붙잡힐 거다. 추격해 올 게 뻔한 사람의 숨통도 끊지 않는 허술한 여자니까. 우리는 카샤루(사냥개). 뒤쫓는 것이 우리 전문이다."

탄다는 안색도 바꾸지 않고 그냥 잠자코 있었다.

그녀가 카샤루라면, 바르사는 현명하고 교활한 짐승이다. 이제까지의 인생 대부분을 오로지 추격자한테서 도망치며 살아온 나날들이 바르사에게 어떤 힘을 주었는지, 조만간 시하나 일당은 알게 될 것이다.

탄다의 얼굴에서 눈을 돌려 시하나가 벌떡 일어섰다.

그리고 기둥 아래에 쓰러져 있는 치키사 옆으로 몸을 숙이더니, 부드러운 몸짓으로 소년을 안아 일으켜 머리를 받치고 탕약을 마시게 했다.

뭔가를 느낄 기력도 없는 치키사의 귀에 시하나가 로타어로 속삭였다.

"…조금만 참으면 된다. 네 여동생이 돌아오면 모든 것이 달라져."

처음 보는 여자의 얼굴을 치키사는 침침한 눈으로 올려다봤지만, 그녀가 어떤 의미로 그런 말을 속삭였는지 전혀 알 수가 없었다.

사발이 비자, 시하나가 일어서서 탄다를 돌아봤다. 탄다를 내려다보는 그 눈에는 깊은 경멸의 빛이 떠올라 있었다.

"…당신도, 그 여자도, 눈앞의 것밖에 보지 못하는 어리석은 자들이다. 언젠가 그걸 깨달을 때가 올 거다."

조용한 어조로 그렇게 내뱉듯이 말하고 시하나는 방을 나갔다.

울창한 나무들의 가느다란 가지들 틈새로 아침 하늘이 보인다.

바르사는 커다란 나무의 밑동에 조릿대를 깔고 앉아, 나무 줄기에 등을 기대고서 아스라의 몸을 안고 있었다. 쫓기고 있는 몸이어서 불을 지필 수는 없지만, 기름종이로 몸을 칭칭 감고서 아스라의 몸을 안고 있으니 서로의 온기로 조금은 따뜻했다.

나무 사이로 아지랑이가 천천히 흘러갔다.

'말을 버린 걸 언제쯤 알아차릴까?'

그 말은 흥분해 있었으니까, 운이 좋으면 꽤 멀리까지 달려갔을지도 모른다.

바르사는 처음부터 말을 타고 도망칠 생각이 없었다.

가도를 한참 달린 후에 샛길로 들어서서 강이 시작된 곳에서 고삐를 끌어당겨 속도를 늦춰 얕은 여울로 뛰어내렸다.

말은 태우기 싫은 사람한테서 해방되어 쏜살같이 달려갔다. 그 기세로 멀리까지 계속 달려가주면, 추격자를 엉뚱한 방향으로 인도해주었을 것이다.

다만 한 가지 염려스러운 것은 그 말의 피로도였다. 그 말은 상당히 지쳐 있었으니까 별로 멀리 못 가고 어딘가에서

멈춰버렸을지도 모른다.

그런 경우 우수한 추격자라면 바르사가 어디서 말을 버렸는지 금세 알아차릴 것이다. 강을 이용해 발자국을 없애는 것은 종종 쓰이는 수법이니까. 그래도 이렇게 해두면 추격자를 두 패로 갈라지게 할 수가 있다.

바르사는 발자국을 남기지 않고 땅으로 올라갈 수 있는 곳을 찾아 꽤 오랫동안 복사뼈까지 오는 강물 속을 걸었다. 물은 차가웠지만, 물살이 그렇게 빠르지 않은 것은 행운이었다. 아무리 얕은 여울이라도 강의 물살은 항상 깊은 곳으로 사람을 끌어들이는 힘을 갖고 있다. 얕은 여울이라고 해서 방심하면 언제든 빠져 죽을 위험이 있는 것이다.

바르사는 밤눈이 꽤 밝지만, 반달이 뜬 밤에는 주위가 희미하게 보인다. 옆구리 상처가 벌어져 출혈이 시작된 데다가 등에 축 늘어진 아스라를 업고 있어, 미끄러지기 쉬운 강바닥의 돌을 밟으며 계속 걷기는 힘들었다.

그래서 코를 찌르는 카사라풀의 독특한 냄새를 맡았을 때는 마음이 놓였다. 이 풀은 밟혀도 곧바로 일어나는 특성이 있다. 게다가 강을 따라 여기저기 군생해 발자국을 감추기에 안성맞춤이다.

강 옆에는 냉기가 흐른다. 졸릴 때는 이 냉기가 올라오지 않는 곳을 찾아야 한다. 그래서 바르사는 우선 강에서 멀리 떨어진 곳까지 올라갔다. 그리고 이 커다란 나무를 발견하자 일단 아스라를 내려놓고, 배낭에서 꺼낸 기름종이로 싸서 눕히고, 그런 다음에 물을 뜨러 다시 천천히 강까지 내려갔다.

길이 없는 산을 헤치고 들어갈 때는 표시를 해두지 않으면 같은 곳으로 돌아가지 못한다. 그러나 지금은 표시를 해두면 추격자들에게 자신의 위치를 알려주는 꼴이 된다. 이런 때는 천천히 단서가 될 나무의 형태, 바위의 형태를 기억하면서 걷는다.

쫓기고 있는 긴장감이 끊임없이 서두르라고 몸을 재촉하지만, 절대로 조급하게 움직여서는 안 된다. 조급해하다 보면 필요한 것을 잊게 되고, 중요한 것을 놓치기 때문이다.

바르사가 물을 뜨고서 흔적을 남기지 않았는지 점검한 후에 휴식을 취할 수 있었을 때는 이미 날이 허옇게 밝아 오기 시작할 무렵이었다.

바르사는 눈을 감았다. 비록 잠깐이라도 잘 수 있으면 몸이 무척 편안해지는 법이다. 커다란 나무에 등을 기대고 아스라를 품에 안고서 잠들어, 지금 아침을 맞이했다.

하늘에는 아침의 밝은 기운이 감돌기 시작했지만, 숲속에는 아직 푸르스름한 어둠이 깔려 있었다. 바르사는 이상할 정도로 차분한 마음으로 나뭇가지 사이로 보이는 하늘을 응시하고 있었다.

약 기운이 떨어져 조금씩 의식이 돌아왔다. 목이 타들어갔지만 몸은 무척 따뜻해, 열이 있을 때처럼 나른했다.

눈을 뜬 아스라가 맨 먼저 본 것은 기묘한 문양이었다. 거무스름한 나무 막대기에 새겨진, 구불구불 구부러지다가 여러 갈래로 갈라진 선이 있는 문양. 멍하니 그 문양을 따라가니 쇠로 된 고리가 끼워져 있고, 그 위에 목제 칼집이 보였다. 거기까지 보고서 그것이 무엇인지 마침내 알 수 있었다. 창이었다.

의식이 완전히 돌아오자 아스라는 당황했다. 오빠하고 여인숙 방에서 잠들었을 텐데, 숲속에 있다니….

벌떡 일어나려고 하자, 귓가에서 누군가가 진정시키려는 듯이, 쉿 하는 소리를 냈다.

"조용히 해라. 무슨 일이 일어났는지 이야기해줄 테니까, 잠깐만 그대로 있어라."

여자의 목소리. 낮게 깔린 기분 좋은 목소리였다. 아스라는 자신이 처음 보는 여자에게 안겨 있는 것을 알고 몸을 긴장시켰다. 여자는 바스락거리며 기름종이를 벗겨내고, 땅바닥에 두었던 굵은 대나무통을 집어 아스라의 입에 대주었다.

"물이다. 사레들리지 않도록 천천히 한 모금씩 마셔라."

열이 있어 부은 목에 얼음처럼 차갑고 달콤한 물이 흘러내려 갔다. 몸이 갑자기 편안해졌다.

"머리는 아프지 않니?"

아스라가 고개를 저었다. 몽롱한 느낌이긴 했지만 아프지는 않았다.

차분히 가라앉은 목소리로 말을 걸어줘서일까? 생판 모르는 사람에게 안겨 있는데도 왠지 무섭지가 않았다.

여자가 천천히 이야기를 시작했다.

자신은 바르사라는 이름으로, 약초사 탄다의 소꿉친구라는 것. 아스라가 재앙의 씨앗이 될 것을 두려워해서, 스파루라는 로타인 주술사가 치키사와 아스라를 죽이려고 한 것. 화재에 대한 것. 어떻게 해서 여기까지 도망쳐 왔는지 등등….

듣는 동안 아스라는 이 여자가 달빛 아래에서 단창을 휘두르던 사람인 것을 깨달았다. 그런 생각이 든 순간, 그때 오빠가 한 말이 머릿속에서 되살아났다.

'저 사람은 좋은 사람이야. 자기도 크게 다쳤는데 나를 안 아주었거든.'

'…오빠.'

아무 감각이 없던 가슴이 갑자기 바늘에 찔린 것처럼 아팠다.

'오빠는 어떻게 되었을까….'

그런 마음을 눈치챘는지 바르사가 말했다.

"괜찮아. 네 오빠는 틀림없이 살아 있다."

아스라가 살짝 고개를 가로저었다. 눈물이 북받쳐 목구멍이 떨리기 시작했다.

"잘 들어라."

바르사가 아스라를 흔들었다.

"스파루의 목적은 너다. …잘 생각해봐라."

아스라는 침을 삼켜 필사적으로 울음소리를 멈추려고 했다.

"알겠지? 네가 살아서 도망치는 한, 네 오빠는 소중한 인질이야. 너를 붙잡기 위한 비장의 수단인 셈이지. 죽일 리가 없어."

바르사의 말이 머리에 스며들면서 호흡이 조금씩 안정되어갔다.

나뭇가지를 흔들며 옮겨 다니는 작은 새들의 모습이 아침 햇살을 이따금 차단한다. 밝은 새의 지저귐이 가까이서 들렸다가 멀어지더니 사라진다.

"오빠가 보고 싶니?"

아스라가 고개를 끄덕였다.

"그럼 지금은 필사적으로 도망치는 수밖에 없다."

아스라가 바르사를 올려다봤다.

"…오빠를 구하러 안 가는 거야?"

"구하고 싶은 마음은 굴뚝같지만, 지금은 무리야. 내가 부상을 입기도 했고, 상대는 주술사인 데다, 게다가 적어도 네 명은 될 거야. 태세를 재정비할 시간이 필요해.

오빠를 구하기는커녕 우리도 도망칠 수 있을지 어떨지 모를 일이다. 추격자는 지금 이 순간에도 우리를 찾고 있어. 그들에게 붙잡히면 우리도 네 오빠도 끝장이야."

'신령님…. 신령님에게 부탁하면 틀림없이 오빠를 구해주실 거야.'

아스라는 눈을 감고 가슴속 어딘가 깊은 곳을 흐르는 '강물' 소리를 들으려고 했다. 하지만 얕은 여울은 너무 멀고 희미해 느껴지지도 않았다. 격렬한 공포와 분노로 정신을 잃었을 때는 온몸을 흔들 정도로 콸콸 흘렀는데….

오빠를 구하고 싶다. 악인들의 얼굴을 보면 틀림없이 분노가 가슴에 들끓을 것이다. 그러면 또다시 '강'을 느낄 수 있다. 신령님에게 나쁜 놈들을 죽여달라고 부탁할 수가 있다.

하지만 왜일까? 오빠한테 데려가달라는 말이 안 나왔다.

신령님에게 매달리는 것은 곧 사람을 죽이는 것이다.

오빠 손바닥에 난, 보기 흉한 상처가 떠올랐다. 신령님이 목을 찢어발겼다고 말하는 오빠의 목소리, 사람이 피투성이가 되어 죽는 것을 보고 싶지 않다고 한 말이 귀에 되살아났다. 이제 신령님에게 의지해 사람을 죽여서는 안 된다고 치키사는 말했다.

상대는 오빠를 붙잡고 있는 나쁜 사람이다. 오빠를 구하기 위한 것이다. 그렇게 생각해도 망설임은 사라지지 않았다.

깊은 어둠 속에 있는 듯한 느낌이 들었다. …어떻게 해야 좋을지 전혀 모르겠다. 무력하고 점점 쪼그라드는 것 같아, 아스라는 떨리는 몸을 주체할 수가 없었다.

'품위를 지켜라. 냉정해져라. 겨울의 호수 수면처럼….'

어머니의 목소리가 귓속에서 띄엄띄엄 되살아났다.

위대한 신을 몸으로 불러오는 자는 쉽사리 동요해서는 안 된다. 아스라는 크게 숨을 들이마시고 등을 쭉 펴, 떨고 있는 것을 감추려고 했다.

가여울 정도로 가녀린 몸과 커다란 눈. 겁에 질려 있는데도 매달리려고도 하지 않고 혼자서 어둠을 응시하고 있다. 마치 공격해 오는 죽음을 응시하며 가시를 세우고 몸을 웅크리고 있는 자그마한 고슴도치와도 같았다.

바르사는 아스라의 떨림이 진정될 때까지 잠자코 그 자그마한 몸을 안고 있었다.

경쾌하게 지저귀던 작은 새가 갑자기 한마디 날카롭게 울었다. 잠시 날카로운 울음소리가 이리저리 오가더니, 이윽고 지저귐이 뚝 멎었다.

바르사는 나뭇가지 사이로 하늘을 올려다봤다.

'매가 날고 있네….'

바르사를 따라서 위를 보려고 하는 아스라의 머리에 살짝 손을 얹고서 바르사가 속삭였다.

"가만히 있어라."

아스라는 시키는 대로 몸을 긴장시키고 가만히 자신의 숨소리를 듣고 있었다.

이윽고 작은 새의 지저귐이 돌아오자, 바르사의 몸이 긴장을 푸는 것을 느꼈다. 아스라가 살짝 몸을 틀어서 묻듯이 바르사를 쳐다봤다.

"자그마한 매가 날고 있었다. 작은 새들이 경계하고 있었지?"

'왜 매를 두려워하는 걸까?'

아스라가 눈썹을 찡그리는 것을 보며 바르사가 말했다.

"단순한 매일지도 모르지만, 아까 말한 스파루라는 주술사가 항상 마로매를 어깨에 얹고 있었거든."

"…매가 가르쳐주는 거야?"

아스라가 속삭이자, 바르사가 어깨를 으쓱했다.

"나는 주술에 대해서는 잘 모른다. 하지만 개의 눈을 사용하거나, 짐승의 눈에 자신의 혼을 싣는다는 이야기를 들은 적이 있거든. 조심해서 나쁜 건 없을 거다."

"…우리를 발견했을까?"

"글쎄다. 매는 무척 눈이 좋으니까 어쩌면 발견했을지도 모르지. 이 기름종이는 갈색이니까 나무줄기로 보였을 수도 있지만, 얼굴을 쳐들었을 때 알아차렸을지도 모르겠구나."

바르사가 바스락거리며 기름종이를 벗기기 시작했다.

"여하튼 슬슬 일어나자."

아스라는 바르사의 가슴에서 몸을 떼어내 일어서려고 했다. …하지만 무릎에 힘이 들어가지 않았다. 다리가 후들거려 하마터면 땅바닥에 쓰러질 뻔했다. 바르사의 팔이 얼른 아스라의 몸을 부축해주었다.

"아직 약 기운이 다 빠지지 않았구나."

바르사는 아스라를 나무에 기대게 하고, 배낭에서 환약 같은 것을 꺼냈다. 그것을 하나 자신의 입에 넣고 나서, 아스라에게도 먹으라고 재촉했다.

조심스럽게 입에 넣어보고 아스라는 눈이 휘둥그레졌다. 쓴맛을 각오하고 있었는데, 입 안에서 부서지자 꽃향기 같은 향과 달콤한 맛이 퍼졌기 때문이다.

아스라의 표정을 보고서 바르사가 미소를 지었다.

"유나꽃 꿀을 가루에 이겨 넣어서 굳힌 휴대용 식량이야. 꽤 맛있지? 해독약이 있으면 좋겠지만. 달콤한 것을 먹고 물을 많이 마시면, 조금씩 몸에 힘이 돌아올 거다."

아스라가 달콤한 환약 세 개를 먹고 물을 마시는 동안, 바르사는 기름종이를 잘 접어서 배낭에 넣었다. 그러고 나서 어젯밤과 똑같이 배낭을 배 쪽으로 돌려 메고서 아스라를 업었다.

바르사는 머물렀던 흔적을 꼼꼼히 없앴다. 그렇게 해도 아까 매한테 들켰으니 추격자가 장소를 추정하게 되면 그들의 눈을 속이기는 어려울 것이다.

끈기 있는 숙달된 추격자라면, 땅바닥에 떨어진 낙엽이 부서진 형태, 어깨에 부딪혀 꺾인 잔가지로도 사람이 지나간 흔적을 알아차릴 수 있다. 바르사 혼자라면 몰라도 아스라를 업고 있어서 발자국이 깊이 파이기 쉽고, 걸을 수 있는 장소도 한정될 수밖에 없다. 그래도 희미한 흔적을 더듬는 것은 시간이 걸리는 작업이다. 추격자보다는 훨씬 빨리 이동할 수 있을 것이다.

바르사는 일단 걷기 시작하고 나서, 하늘에서 보이지 않도록 가능하면 나뭇잎이 빽빽한 나무 밑을 골라서 방향을 바꿨다. 무성한 풀 속에서 발 디딜 곳을 찾으며 걸어가야 하지만, 그 매는 날아간 척하고서 아직 지켜보고 있을지도 모르니까 최대한 조심해야 한다. 매한테 위치를 들키는 위험만은 어떻게든 피해야 한다.

아스라는 얌전히 업혀 있었지만, 몸에 힘을 주어 바르사가 걷는 박자에 맞추려고 했다. 바르사에게 부담이 되지 않도록 신경 쓰고 있는 것이 느껴졌다.

"…어디로 가는 거야?"

아스라가 망설이다가 바르사의 귀에 속삭였다. 바르사도 작은 소리로 그 말에 대꾸했다.

"사로가(四路街)로 갈 생각이다."

"사로가?"

"여기서 걸어서… 대충 이틀 정도면 갈 수 있는 커다란 마을이다."

"왜 마을로 가지? 산속에 숨어 있는 편이…."

바르사가 살짝 고개를 저었다.

"추격에 능숙한 사람에게는 산속이 더 추격하기 쉽단다. 특히 사람이 거의 안 다니는 곳이면, 사람이 지나간 흔적은 금세 눈에 띄거든."

바르사가 덤불로 한 손을 뻗어 검은 열매를 몇 개 땄다.

"이걸 손으로 으깨서 얼굴에 발라라. 전체적으로 꼼꼼히 말이야."

바르사는 자신도 열매를 으깨어 얼굴에 발랐다. 아스라는 얼굴을 찌푸리면서도 시키는 대로 열매를 으깼다. 검은 열매에는 뜻밖에도 즙이 많아 상큼한 냄새가 났다.

"귓불도 빼먹지 말아라."

하고 바르사가 말했다. 아스라는 황급히 귓불에도 발랐다.

"얼굴은 눈에 확 띄는 곳이란다. 어둑어둑한 산속에서도 얼굴만은 하얗게 도드라져 보이지."

아스라는 깜짝 놀랐다. 옛날에 아버지한테서 똑같은 말을 들은 기억을 떠올린 것이다. 아버지는 덫사냥꾼이어서 얼굴에 진흙을 바른 채로 돌아오는 일이 있었다. 그걸 보며 아스라가 웃었더니, 아버지는 이렇게 하면 짐승에게 들키지 않는다고 말했었다.

"마을에 도착하기 전에 얼굴 씻는 것을 잊지 말아야 할 텐데."

바르사의 목소리가 온화해서, 아스라는 불안으로 긴장해
있던 가슴 언저리가 조금은 풀려가는 느낌이 들었다.

3
매와 사냥개

스파루는 바람이 강한 천공을 날고 있었다.

어린 새일 때부터 키워온 마로매 샤우의 혼에 자신의 혼을 실어, 샤우의 눈으로 지상을 내려다보고 있는 것이다.

혼을 실은 순간부터 한동안은 강한 현기증과 구토가 찾아왔다. 샤우의 눈으로 보는 세계가 사람 눈으로 보는 세계와 너무나도 달라서다. 거리감도 다르고, 보이는 색도 다르다.

매의 눈으로 보는 세계는 훨씬 색이 선명해, 말로 형용할 수 없는 색들로 넘쳐난다. 게다가 눈의 초점을 맞추는 법이 사람과는 다르다. 하늘에서 광활한 지상을 내려다보면서, 지상에서 뭔가 신경 쓰이는 것이 움직인 순간, 확 끌어당겨 확대시켜서 자그마한 짐승의 모습까지도 똑똑히 볼 수가 있다.

소리도, 냄새도, 빛조차도 사람이 느끼는 것과는 다르다. 열여섯 살에 처음으로 매에게 혼을 실었을 때 스파루는 격렬한 충격을 받았다.

매는 이런 세계를 보고 있었구나! 이제까지 자신이 봐온 세계는 자신에게 주어진 몸이 느끼는 세계에 불과했던 것이다.

매만이 아니다. 가령 개가 느끼는 세계는 색 대신에 냄새가 지배하는 세계였다. 그것은 매의 눈으로 보는 것보다도 더 스파루에게는 익숙해지기 힘든 세계였다.

모든 짐승에 혼을 실어보고서, 스파루는 마로매가 '눈'으로서는 가장 자신에게 맞는 것을 느꼈다. 그 이후로 마로매를 몇 마리나 '눈'으로서 키워왔지만, 샤우는 그중에서도 먹잇감을 잡아먹고 싶어 하는 매의 충동을 억누르고서 스파루의 명령에 따라주는, '눈'에 적합한 매였다.

바람이 왔다! …천공으로 휙 날아올라 간다. 바다에 해류가 있듯이, 하늘에는 눈에 보이지 않는 기류가 몇 층이나 흐른다. 샤우는 온몸으로 그걸 감지해 기류를 타고서 하늘을 날아간다.

날이 밝아 샤우의 눈이 잘 보이게 되고 나서, 스파루는 바르사의 흔적을 쫓기 시작했다. 바르사가 말을 타고 사라져간

가도는 이미 두 명의 제자, 마크루와 캇하루가 수색하고 있다. 스파루는 바르사가 말을 버리고 가도에서 산으로 들어갔을 가능성을 생각해서 산의 상공을 날기로 했다. 가도의 어디에서 산으로 들어갔어도, 사람의 발로 산을 헤치고 들어갔다면 걸을 수 있는 범위는 그다지 넓지 않다. 지상에서 살펴보기에는 꽤 넓은 범위지만, 매의 눈으로 살펴보면 그렇게 넓어 보이지 않는다.

마크루와 캇하루는 실력이 뛰어난 추격자다. 지상에 남은 약간의 흔적도 놓치지 않고 쫓아갈 수 있다. 매라고 하는 '눈'을 사용할 수 있는 스파루와, 여러 종류의 작은 동물들을 다루는 주술이 뛰어난 딸 시하나, 그리고 마크루와 캇하루는 로타 왕가의 두터운 신임을 받는 카샤루(사냥개)였다.

스파루는 가도로부터 갈라지는 샛길에서 땅딸막한 마크루의 모습을 발견했다. 샛길과 습지가 교차하는 작은 다리 위였다. 그 모습에 초점을 맞춰 끌어당기자, 마크루가 다리 위에서 몸을 구부리고 말발굽 자국을 살피고 있는 것이 보였다. 바르사가 훔쳐서 타고 간 말은 시하나의 애마여서, 편자의 형태를 보면 마크루는 다른 말과 구별할 수 있다.

'그렇구나. 강으로 갔구나.'

스파루는 샤우를 급강하시켰다. 마크루가 금세 날갯짓 소리를 듣고 몸을 일으켜 팔을 뻗어주었다. 샤우가 가죽 토시에 내려앉자, 마크루의 목소리가 들려왔다.

"캇하루와 방금 갈라졌습니다. 말발굽 자국이 계속 이어져 있어서, 캇하루가 그 흔적을 쫓고 있지요. 말발굽 자국이 여기서 흐트러져 있어, 저는 강으로 뛰어내려서 발자국을 없앴을 가능성을 생각하고 쫓고 있습니다."

스파루는 알았다는 의미로 샤우를 한 번 울게 하고서, 마크루의 팔에서 날아올라 갔다.

말을 먼저 달리게 하고 강을 이용해서 발자국을 지우면, 비록 그 흔적을 발견하더라도 마크루와 캇하루처럼 추격자는 두 패로 갈라져야만 한다. 스파루는 새삼 바르사를 다시 봤다. 상당히 두뇌 회전이 좋은 여자다.

밤의 어둠 속에서 아이를 업고 강 속을 걸어갔다면, 어느 정도까지 걸을 수 있었을까? 강물은 무척 차가웠을 것이다. 초조하기도 했을 것이다. 하지만 옆구리에 상처를 입었으면서도 그 정도의 움직임을 보인 여자다. 자신이 생각하는 것보다 더 멀리까지 걸었을지도 모른다.

스파루는 강을 따라서 숲 위를 선회하기 시작했다. 가을이라 다행이었다. 여름이었다면 시계가 나뭇잎으로 차단되어 보이지 않는 범위가 넓어진다. 지금은 나무들이 잎을 떨어뜨려 군데군데 틈새가 보인다.

매 눈의 특성을 살려 광범위한 지역을 바라보면서 수상해 보이는 곳에 초점을 맞춰서 끌어당겨 탐색을 계속했지만, 사냥꾼처럼 보이는 사람의 형체를 하나 발견했을 뿐, 좀처럼 바르사 일행을 발견할 수는 없었다.

스파루는 초조해하지 않았다. 탐색은 끈기가 필요한 일이다. 오래 집중력을 유지할 수 있는 자가 아니면 카샤루에는 적합하지 않다.

다만 배가 고파 견딜 수가 없어졌다. 샤우가 공복인 것이다. 샤우의 마음이 점점 스파루의 혼에서 멀어져서, 지상의 자그마한 짐승이나 새에게 정신이 팔리기 시작했다.

그것이 행운을 가져다주었다. 샤우가 작은 새들이 모여 있는 나무를 발견해 초점을 맞춘 순간, 스파루는 하얗게 빛나는 것을 언뜻 봤다. 사람 얼굴이다. 얼굴을 숙였을 것이다. 빛은 바로 사라졌지만, 일단 포착되면 샤우의 눈은 속일 수 없다.

끌어당겨서 보니, 바르사와 아스라의 머리는 물론이고 기름종이의 주름까지 보였다. 얼굴을 숙이고 위를 보지 않으려고 애쓰고 있었다. 샤우를 눈치챈 것이다…!

그렇다면 서둘러야 한다. 곧바로 자리를 뜰 것이다. 이대로
이 주위에서 선회하다가 움직이기를 기다릴지 마크루에게
알릴지, 순간 망설였다.

바르사는 추격의 기법을 잘 알고 있다. 그건 결국 추격을
따돌리는 기술에도 뛰어나다는 뜻이다. 여기서 눈을 떼지 않
는 편이 낫다. 그렇게 판단한 스파루의 조종을 받아, 샤우는
작은 새들이 경계하는 소리를 내지 않도록 높이 날아올랐다.

고공에서 천천히 선회하면서 지켜보고 있으니, 바르사가
아스라를 업고 걷기 시작하는 것이 보였다. 아스라는 아직
약 기운이 남아 있는 것이리라.

샤우를 바르사가 향한 방향으로 날게 했다. 나뭇잎이 비어
있는 장소를 찾아내 그 위에서 바르사와 아스라가 나타나기
를 참을성 있게 기다렸다.

좀처럼 바르사는 나타나지 않았다. 사람이 걷는 속도를 생
각하면 이제 슬슬 모습이 보일 때가 되었지만, 좀처럼 바르
사의 모습을 포착할 수가 없었다.

스파루의 가슴에 불안감이 스쳤다.

'놓쳤나? 설마….'

샤우를 넓게 선회시켜, 스파루는 움직이는 것을 필사적으
로 찾았다. 작은 새나 쥐만 눈에 들어왔다. 샤우가 허기를 참

을 수 없게 된 것이다.

꽤 오랫동안 스파루는 샤우를 달래면서 바르사를 계속 찾았지만, 도저히 그 모습을 포착할 수가 없었다.

'꽤나 철두철미한 여자로군….'

배가 고파서 쓰러질 지경이었다. 몸이 으슬으슬 춥고 나른해져 왔다. 한계였다. 스파루는 결국 샤우에게 사냥을 허락했다.

샤우가 멋진 활강을 보이며 작은 새를 덮치는 것을 느끼면서, 스파루는 자신의 판단이 잘못되었다는 것을 쓸쓸한 심정으로 깨달았다. 바르사를 발견했을 때 한시라도 빨리 마크루에게 알려서 지상에서 쫓게 했어야 했다.

지금부터라도 여하튼 마크루에게 알리는 수밖에 없다. 바르사는 아스라를 업고 있다. 마크루라면 흔적을 발견해 쫓을 수 있을 거다.

배가 터질 정도로 불러 오자 이내 몸이 나른해졌다. 스파루는 샤우로 하여금 마크루 쪽으로 날게 했다.

마크루는 아직 다리에서 그리 멀지 않은 강의 얕은 여울에서 흔적을 찾으며 천천히 걷고 있었다. 그 팔에 내려앉자, 마크루가 실망이 배인 목소리로 말을 걸어왔다.

"사부님, 그 여자는 추격에 익숙합니다. 강바닥의 돌을 밟아 뒤집어엎은 흔적도 없고, 강에서 올라온 흔적도 없습니다. 쫓으려면 꽤나 시간이 걸릴 것 같은데요."

스파루가 샤우를 두 번 울게 했다. 순간 마크루의 얼굴이 환해졌다.

"발견했다고요? 안내해주세요."

샤우가 날아오르자, 마크루가 자갈밭으로 뛰어올라 그 뒤를 쫓았다. 이리저리 왔다 갔다 하며 안내하는 샤우의 뒤를 쫓아 마크루는 계속 달렸다.

샤우가 강줄기를 벗어나 산속으로 가겠다는 신호를 보낸 지점에서, 마크루는 강기슭을 빽빽이 메운 풀 속에 발을 들여놓았다가 문득 발걸음을 멈췄다. 무척 힘이 좋은 풀이었다. 밟혀도 곧바로 일어나버린다.

'그 여자는 이 풀의 특성을 알고 강에서 올라갈 곳을 택했구나….'

그렇다면 추격을 따돌리는 기술이 역시 대단한 여자다. 사부의 '눈'이 없었다면 여기가 상륙 지점인 것을 절대로 몰랐을 것이다. 호위무사를 생업으로 삼고 있다고 들었는데, 이런 기술도 호위무사에게는 필요한 걸까?

샤우의 울음소리가 날카롭게 귀를 울렸다. 앞으로 서둘러 가라고 재촉하는 것이다. 마크루가 수풀을 헤치며 비탈을 오르기 시작했다.

잠시 후에 마크루는 조금 널찍한 장소로 나왔다. 강의 냉기가 올라오지 않고, 사방에 커다란 나무와 수풀이 있어 바람을 막아준다. 노숙에 적합한 장소였다. 마크루는 지면과 주위의 나무들을 꼼꼼히 살폈다. 철저하게 흔적을 지우기는 했지만, 여기서 노숙을 한 것은 틀림없는 것 같았다.

상공을 샤우가 날고 있었다. 선회를 반복함으로써, 여기가 두 사람을 발견한 지점임을 가르쳐주고 있었다.

'그럼 여기서부터는 땅을 기는 추적으로 돌아가야겠군.'

샤우가 캇하루를 부르러 날아가는 것을 지켜보며, 마크루는 마음속으로 중얼거렸다.

신중하게 조금씩 장소를 이동하면서, 그야말로 땅을 기듯이 하며 흔적을 찾아갔다. 풀밭을 한 바퀴 빙 돌고서야 비로소 마크루는 약간의 흔적을 발견했다.

가을에도 잎을 떨어뜨리지 않는 커다란 상록수의 밑동이다. 머리 위에는 잎이 무성해 하늘이 전혀 안 보인다. 나무뿌리에 난 이끼가 눌린 흔적이 그 굵은 뿌리에 있었다.

'찾았다.'

마크루는 미소를 지었다. 첫 수확이었다. 마크루는 품에서 자그마한 흰 띠 모양의 천을 꺼내, 뒤따라오는 캇하루를 위한 이정표로서 발자국 바로 위의 줄기에 가느다란 쇠말뚝으로 고정시켰다.

태양의 움직임에 따라 나무를 비추는 빛의 각도가 변해간다. 마크루는 휴대용 식량을 먹을 때도 발걸음을 멈추지 않고 천천히, 그러나 확실하게 바르사의 발자국을 계속 따라갔다. 발자국은 좀처럼 발견되지 않았지만, 단 하나의 발자국을 통해서도 많은 것을 알아낼 수가 있다.

발 형태를 완전히 알 수 있을 정도로 선명한 것은 없었지만, 아무리 봐도 발자국은 동일 인물의 것으로, 아이 것은 없었다. 여자는 그 여자애를 업고 있는 것이리라. 업으면 체중이 무거워져서 발자국이 나기 쉽지만, 발자국 지우는 법을 모르는 아이를 걷게 하는 것보다는 오히려 나을지도 모른다.

그렇다 해도 걸음이 빠른 여자다. 산길을 걷는 데 무척 익숙한 것으로 보인다. 길도 없는 곳을 아이 하나를 업고서 추격자를 신경 쓰면서 용케도 이 정도의 보폭으로 걸을 수 있다니.

나뭇잎 사이로 비스듬히 비치는 햇빛이 옅은 노란색을 띠기 시작했다. 마크루는 해가 지기 전에 여자를 따라잡기는 어렵겠다는 생각이 들기 시작했다.

그 여자도 아이를 업고 있다. 반드시 휴식을 취할 것이다.

하지만 해가 저물어버리면 자신도 움직일 수 없게 된다. 노숙에 적합한 장소를 발견하면 거기서 쉬는 편이 나을 것이다. 어젯밤에는 거의 밤새 말을 탄 데다, 그 소동 후에도 탐색을 계속했다. 마크루는 지쳐 있었다. 묵직한 두통도 있었다.

그 여자는 유명한 단창술사라고 하고, 실제로 시하나를 단한 차례의 공격으로 정신을 잃게 했다. 시하나가 다른 사람한테 지는 것을 본 것은 그때가 처음이었다.

쓰러져 있는 시하나를 봤을 때, 마크루는 자신의 눈을 의심했다. 순간 누군가 다른 여자가 아닐까 생각했을 정도다.

지친 상태에서 그 여자를 따라잡았다가는 오히려 당할지도 모른다.

마크루도 무술 실력에는 자신이 있었다. 등에 멘 검은 단순한 장식품이 아니다. 주술 기법도 몇 가지 쓸 줄 안다. 하지만 시하나에게는 도저히 못 당한다. 기습이었다 해도, 그렇게 강한 시하나를 쓰러뜨린 여자다. 조심하는 게 좋을 것이다.

게다가 내일이 되면 다시 사부가 '눈'을 쓸 수 있게 된다. 매에게 혼을 싣는 주술은 많은 체력을 소모시켜 장시간 쓸 수 없다는 것이 단점이다. 그렇다 해도 마크루가 여기까지 쫓아왔으니 서로 협력하면 내일은 상당히 거리를 좁힐 수 있을 것이다.

캇하루가 쫓아와주면 물론 최상이다. 말을 어디까지 쫓아갔느냐에 따르겠지만, 마크루가 남겨 놓은 이정표를 쫓아오면 되니 의외로 빨리 따라잡아줄지도 모른다.

날이 저물기 조금 전에 마크루는 탐색을 중지하고 노숙 채비를 갖췄다. 어느 정도의 거리에 여자가 있는지 몰라 불은 피우지 않았다. 빛이 안 보여도 연기 냄새는 바람을 타고 꽤 멀리까지 날아간다. 추격자의 그림자를 느끼게 해서는 안 된다.

날이 밝기 시작했을 무렵, 마크루는 발소리에 눈을 떴다. 푸른 어둠 속에 호리호리한 사람의 그림자가 나타났다. 캇하루였다. 등에 애용하는 단궁을 짊어지고 있었다. 거리와 관통력으로는 장궁에 못 미치지만, 나무들이 밀생한 숲속에서는 쉽게 방향을 바꿀 수 있고 빨리 쏠 수 있는 활이다.

"빨리 왔군."

나지막이 속삭이자 캇하루가 빙긋이 웃었다. 둘은 머리를 맞대고 이제까지의 상황에 대해 의견을 나눴다. 캇하루는 휴대용 식량을 씹으며 품에서 헝겊 지도를 꺼냈다. 엉성한 지도였지만 방향과 대조하며 더듬어보니, 자신들이 향하는 쪽에 도서가도가 있는 것을 알 수 있었다.

"그 여자는 가도로 나갈 생각이로군."

캇하루의 말에 마크루가 고개를 끄덕였다.

"추적의 기법에 이 정도로 능통하다면, 산속에 있으면 불리하다는 것 정도는 알고 있겠지. 우리는 요고의 마을에는 익숙하지 않아. 마을로 도망쳐버리면 골치 아파져."

마크루가 사로가라는 문자를 손가락으로 가리켰다.

"봐라, 사로가가 가까워. 요고의 도읍 광선경에서 산갈로 향하는 도서가도와, 로타의 왕도에서 광선경으로 향하는 가도가 만나는 커다란 마을이야. 여기로 갈 생각인 게 틀림없어."

캇하루가 휴대용 식량을 삼키며 그윽한 눈으로 마크루를 봤다.

"서두르자. 마을을 보기 전에 저세상으로 보내주자."

마크루는 걷기 시작한 캇하루의 뒷모습을 살짝 눈살을 찌푸리며 쳐다봤다.

캇하루는 추격 자체보다도 궁지에 몬 사냥감을 죽이는 것에 쾌감을 느끼는 사내다. 그 점이 마크루하고는 다른 부분이었다.

여자와 아이지만, 그 두 사람에게는 죽여야 할 충분한 이유가 있다. 마크루는 죽이는 것을 주저하지는 않았다. 그러나 캇하루처럼 그것에 기쁨을 느낄 수는 없었다.

눅눅한 아침 안개 속을 두 사람은 좌우로 나뉘어 서로 반원을 그리듯이 하며 발자국을 쫓기 시작했다. 발자국을 쫓는 작업은 훨씬 빨라졌다. 동시에 더 넓은 범위를 살펴볼 수 있기 때문이다.

석양이 숲을 부드럽게 물들이기 시작했을 무렵, 그들은 발견되는 발자국이 또렷해지는 것을 느꼈다. 바르사와의 거리가 좁혀진 것이다.

하루가 저물어간다. 나뭇가지 끝에는 아직 군데군데 옅은 석양빛이 남아 있었지만, 나무 밑은 꽤 어둑어둑해지기 시작했다.

슬슬 노숙할 장소를 찾을까… 하고 생각했을 때였다. 마크루는 흠칫 놀라며 발걸음을 멈췄다. 조금 전에 생긴 발자국을 발견한 것이다. 풀이 없어서 꽤 넓은 범위에 걸쳐 진흙이 드러나 있는 곳이었다. 근처에 습지가 있는지도 모른다. 물 냄새가 났다. 지면에 습기가 있고 곳곳이 질퍽거렸다.

아무리 바르사라도 이 진흙땅에서는 발자국을 숨길 수가 없었을 것이다. 여기저기 발자국이 보였다. 구부려서 발자국을 만져봤다. 자신이 남긴 발자국에서는 서서히 물이 배어 나왔다가는 다시 지면으로 빨려 들어가서 사라진다. 그것과 비교해보고서 이 발자국은 반 크룬(약 30분)도 채 안 된 거라고 판단했다. 자신이 바싹 쫓아오고 있는 것을 그 여자가 눈치채지 못하도록 정신을 차려야만 한다.

마크루는 천천히 발자국을 쫓아서 걷기 시작했다. 이미 어두워졌지만, 또렷이 보이는 발자국에 마음이 끌려 멈출 수가 없었다.

진흙땅에서 풀밭으로 옮기자, 또다시 발자국이 잘 안 보였다. 하는 수 없이 포기하려고 했을 때, 마크루는 문득 커다란 나무의 밑동에 시선을 빼앗겼다. 풀 사이에 광택이 있는 자그마한 것이 떨어져 있었다. 몸을 구부려 만져보고 기름종이 조각임을 알 수 있었다.

'왜 이런 조각이…?'

불길한 예감이 가슴을 스쳐 간 순간, 후두부에 쿵 하는 충격을 느끼며 눈앞에 불꽃이 흩어지더니, 마크루는 통나무처럼 땅바닥에 쓰러졌다. 얼굴이 지면에 닿았을 때는 이미 정신을 잃은 상태였다.

마크루보다 훨씬 더 왼편의 숲을 걷고 있던 캇하루는 그 소리를 들은 순간, 반사적으로 나무 뒤로 몸을 숨겼다. 나무 뒤에서 소리가 난 쪽을 살며시 보니, 어스름 속에서 손에 막대기 같은 것을 든 사람의 형체가 보였다. 그 발밑에 나동그라져 있는 사람의 형체도 보였다.

'그 여자다!'

방금 전까지 살기는커녕 사람의 기척조차 없었는데, 지금은 손으로 만질 수 있을 정도로 강렬한 살기가 느껴진다. 마크루는 죽었을까? 긴장으로 속이 타들어가는 느낌이 들었지만, 곧바로 그것은 전율과도 같은 흥분으로 변해갔다.

캇하루는 풀에 손을 대더니 양손을 펼쳐 파도를 보내는 듯한 동작을 하기 시작했다. 그러자 풀이 생물처럼 물결치기 시작해 여기저기의 덤불과, 이윽고 멀리 있는 나무들까지 와삭거리며 흔들리기 시작했다.

바르사는 추격자가 발자국을 쫓아올 가능성을 죽 생각하고 있었다. 사로가의 마을로 들어서버리면 사람들 속에 섞여서 숨을 방법이 얼마든지 있지만, 문제는 가도였다. 가도로 나가면 한동안은 숨을 곳이 없다. 추격자는 주술을 터득한 사람들이다. 어떤 수법을 쓸지 모른다. 그것이 불안했다.

발자국을 감출 수 없는 진흙땅으로 나왔을 때, 문득 자신이 함정을 파볼까 하는 생각이 들었다. 승부는 항상 기습 공격을 가하는 쪽에 유리한 법이다.

바르사는 아스라에게 자신의 생각을 알리고 덤불 속에 숨졌다.

진흙땅이라면 발자국이 남아도 부자연스럽지 않다. 추격자가 이제까지 이틀 동안 필사적으로 발자국을 쫓아왔다면, 발자국이 또렷이 보이는 행운에 반드시 정신이 팔릴 것이다.

바르사는 진흙땅 밖의 커다란 나무 위에서 지켜보고 있기로 했다. 해가 기울기 시작했다. 어둠의 장막이 내려와버리면 추격자는 추격을 멈출 것이다. 그때까지 여기서 기다려보고, 완전히 어둠이 뒤덮으면 아스라한테 돌아가서 노숙하려고 생각했다.

그런데 기척을 없애고 기다리기 시작해서 얼마 지나지 않았을 때, 소리도 내지 않고 땅을 기듯이 전진해 오는 검은 형체가 나타났다.

이 정도로 거리가 좁혀졌다고 생각하니 소름이 돋았다. 이대로 그냥 앞으로 가고 있었으면 상대에게 당할 뻔했다.

아이를 데리고 도망치는 바르사가 함정을 파고서 기다릴 거라고는 생각지도 않았을 것이다. 처음 남자는 완벽하게 함정에 빠져주었다.

하지만 추격자가 둘 있었던 것은 오산이었다. 또 한 명을 죽이려고 돌아봤을 때, 남자의 모습은 어디에도 보이지 않고, 바람도 없는데 숲 전체가 출렁이기 시작해 기척을 읽을 수가 없었다.

나무들이 생물처럼 몸을 비틀었다. 꿈틀거리는 초목에 둘러싸여 있다 보니 현기증이 나기 시작했다. 발밑까지도 꿈틀거리며 흔들리는 것 같았다. …이마에 식은땀이 나기 시작했다. 그때 그 불꽃이 환영이었듯이, 이것 역시 환영임에 틀림없다. 하지만 환영을 없애는 법을 모른다.

바르사는 단창을 몸 앞에 세워 들고서 반수면 상태에서 머리를 텅 비우고 마음을 집중시켰다. 온몸의 신경을 최대한 곤두세우고 공격당할 순간만을 기다렸다.

꿈틀거리는 대기 속에서 뭔가가 세게 튀었다.

생각하기 전에 몸이 반응해 단창으로 화살을 쳐내자마자, 바르사는 화살이 날아온 방향으로 냅다 달렸다. 다음 화살을 장전하기 전에 간격을 좁히는 수밖에 없다.

핑 하고 허공을 가르며 뜻밖의 속도로 두 번째 화살이 날아왔다. 화살은 바르사의 몸이 아니라 발밑의 지면에 꽂혔고, 곧바로 이어서 세 번째 화살도 발끝으로 날아왔다. 바르사는 내딛으려고 했던 발을 순간적으로 옆으로 비켜 간신히 화살을 피했지만, 진흙땅에 발이 미끄러지며 몸이 크게 휘청거리고 말았다.

바르사는 땅을 차 지면으로 뛰쳐나가자 재빨리 앞으로 굴렀다. 앞으로 뛰쳐나간 순간, 이마 언저리에 화살이 스쳐 타는 듯한 통증이 느껴졌다. 앞으로 굴러서 일어났을 때는 왼쪽 눈에 피가 들어가 잘 안 보였다.

화살이 온다! …바르사는 낮은 자세로 벌떡 일어나자마자 그 화살을 향해 단창을 획 던졌다. 화살이 왼쪽 어깨를 스쳤지만, 거의 동시에 단창이 누군가에게 맞는 둔탁한 소리가 났다.

신음 소리가 나무 뒤에서 들렸다. 단창은 엉거주춤한 자세로 활을 겨누고 있는 남자의 오른팔을 스쳐 긴 상처를 입혔다.

바르사는 남자에게 달려가 고통으로 몸을 웅크리고 있는 남자의 머리에 돌려차기 공격을 가했다. 무릎을 축으로 해서 정강이가 손도끼처럼 남자의 옆머리를 치자, 남자는 눈을 뒤집으며 정신을 잃었다.

단창을 주워 들고서 남자가 든 활의 시위를 자르고 난 뒤, 바르사는 몸을 구부려 남자의 머리가 움직이지 않도록 옆으로 눕히고, 혀가 말려 질식하지 않도록 턱의 위치를 조절해 주었다.

그런 다음 화살이 스친 자신의 왼쪽 어깨를 만져 상처의 깊이를 확인했다. 옷에 피가 배어나기 시작했지만, 대단한 상처는 아니었다. 바르사는 손목에 감고 있던 끈을 풀어, 한쪽 끝을 이로 물고서 오른손만으로 어깨에 감아 꽉 묶어 지혈을 했다.

바스락거리는 소리가 나서 눈을 드니, 어스름 속에서 자그마한 사람의 형체가 보였다. 아스라가 참지 못하고 상황을 살피러 나온 것이다.

"…괜찮아. 추격자는 처치했다. 거기 있어라."

바르사는 말을 걸어주고 나서, 처음에 쓰러뜨린 남자한테 가서 몸을 약간 일으켜주었다. 약한 신음 소리가 입에서 새어 나왔다. 조금 후면 정신이 들 것이다.

이미 어둠의 장막이 숲을 뒤덮기 시작했다. 정신이 들어도 쫓아오는 것은 무리다.

바르사는 아스라 쪽으로 걷기 시작했다. 걸음을 옮길 때마다 화살에 맞은 상처에서 통증이 느껴졌다.

아스라는 떨고 있었다. 어둠 속에서 얼굴이 희끄무레한 빛을 띠며 떠올랐다.

"…죽였어?"

바르사가 아스라의 자그마한 어깨에 손을 얹었다.

"죽이지 않았다."

바르사는 아스라를 재촉하며 걷기 시작했다.

아스라는 땀과 피 냄새를 느끼고서 바르사를 올려다봤다. 옆에서 걷고 있는 바르사의 호흡이 거칠었다. 너무 어두워서 잘 보이지 않았지만, 왠지 바르사가 울고 있는 것만 같았다.

망설인 끝에 아스라가 속삭였다.

"…다, 다쳤어?"

바르사가 조용한 목소리로 대답했다.

"괜찮아. 찰과상 정도야."

울고 있는 게 아니었던 것이다. 그런데 아스라는 왠지 옆에서 걷고 있는 바르사가 울고 있는 것만 같은 느낌이 들었다.

4
로타르발의 악몽

탄다가 포로의 몸이 되고 나흘째 되는 한밤중에 스파루가 혼자서 방으로 찾아왔다.

탄다는 스파루의 얼굴을 보고 섬뜩했다. 고작 나흘 사이에 뺨이 푹 파이고 눈가가 푹 꺼져 눈초리가 날카로워져서, 어깨에 얹고 있는 매를 빼닮은 형상이 되어 있었기 때문이다.

탄다가 몸을 일으켜 기둥에 기댔다. 하루에 몇 차례인가 변소에 갈 때 빼고는 이 기둥 옆에서 움직이지 않아 몸을 일으키자 가벼운 현기증이 일었다.

맞은편에 누워 있던 치키사가 등을 기둥에 문지르듯이 하며 몸을 일으키는 것이 보였다.

스파루는 탄다와 마주보고 앉더니, 잠시 아무 말도 하지 않고 지그시 탄다를 응시했다. 이윽고 입을 열더니 피로에 지친 목소리로 말했다.

"…탄다, 사로가에 그 여자가 들를 만한 장소가 있나?"

탄다가 눈살을 찌푸렸다. 그 표정을 보고서 스파루가 살짝 웃었다.

"그런 것을 가르쳐줄 리가 있냐는 표정이로군. 아니, 자네는 가르쳐줄 거다, 탄다. 자네는 어리석은 사내가 아니니까.

지금 무슨 일이 일어나고 있는지, 자네와 바르사가 어떤 일에 끼어들어서 어떤 역할을 하고 있는지를 알면 반드시 가르쳐줄 마음이 들 거다."

탄다가 고개를 저었다.

"나를 너무 과대평가 하지 않았으면 한다. 나는 어리석은 사내다. 무슨 일이 있어도 바르사를 파는 짓은 하지 않는다."

평소의 온화한 표정에서는 상상도 할 수 없는 완고한 의지가 탄다의 눈에 서려 있는 것을 보며, 스파루는 진지한 표정으로 돌아가 차분한 목소리로 말했다.

"바르사를 팔라는 것이 아니다. 우리는 바르사에게는 용건이 없다. 지금이라면 바르사도 자네도 이 일에서 손을 떼고 자신의 인생을 살 수 있다.

진흙탕에 더 깊이 빠져들기 전에 바르사를 구하고 싶지 않나?"

　탄다는 스파루의 눈을 보면서, 그의 말에 담긴 의미를 생각하고 있었다.

　"일부러 이런 이야기를 하러 왔다는 것은 바르사가 도망치는 데 성공했다는 의미로군. 당신 딸은 자신들의 능력을 자만하고 있었지만, 바르사가 한 수 위였던 셈이로군.

　게다가 사로가 같은 큰 마을로 도망쳐 들어가서 전혀 손을 못 쓰고 있는 거고."

　탄다가 미소 짓자 스파루의 눈에 순간 분노의 빛이 번뜩였다. 하지만 곧바로 그 빛은 사라졌다.

　"도발해도 소용없다, 탄다. 화가 나서 나도 모르게 속마음을 드러낼 일은 없으니까. 자네 말대로, 우리는 보기 좋게 당하고 말았다. 지리적인 이점이 있었다고는 해도, 카샤루(사냥개)를 따돌리다니 대단하다."

　스파루가 탄다에게 얼굴을 가까이 가져갔다.

　"가장 놀란 것은 바르사가 추격자를 죽이지 않은 것이다. …오히려 살아서 돌아올 수 있도록 신경을 써줬다.

　내가 이렇게 자네에게 속내를 털어놓을 마음이 든 것은 바르사가 그런 사람인 걸 알았기 때문이다. 함부로 적으로 돌릴 게 아니라 제대로 상황을 알려 아군으로 만들고 싶다는 생각을 하게 된 거지."

탄다는 굳은 표정을 풀지 않은 채로 잠자코 있었다. 순간 스파루 뒤에 있는 치키사와 눈이 마주쳤다.

스파루는 그 눈의 움직임을 의식하면서도, 치키사를 돌아보지 않고 말했다.

"내 이야기를 들으면 거기 있는 아이도 이해할 거다. 납득은 못 해도 왜 동생이 죽어야 하는지 이해는 할 수 있을 것이다."

스파루는 엄지의 볼록한 부분을 이로 깨물어 피를 한 방울 내더니, 그 피를 탄다의 이마에 묻혔다. 그러고 나서 자신의 이마에도 묻혔다.

"자네도 주술사이니 이 의미는 알 것이다. 이것으로 나는 자네에게 거짓말을 할 수 없게 되었다. 혼을 잇는 줄을 통해 자네는 내 혼의 움직임을 느낄 수 있으니까."

탄다가 고개를 끄덕였다. 지금 탄다와 스파루의 혼은 눈에 보이지 않는 가느다란 실로 묶여 있었다.

그의 혼을 들여다볼 수 있는 건 아니지만, 적어도 입으로 나온 말이 거짓이면 그 마음의 움직임이 그대로 탄다에게 전달된다.

스파루는 로타어로 바꿔 탄다도 알아들을 수 있게 천천히 말을 시작했다.

"전설부터 이야기하기로 하지. 머나먼 태곳적에 번영했던 나라 로타르발. 무시무시한 신의 지배를 받던 로타르발 이야기부터.

무시무시한 신의 이름은 타르하마야. 예전에 이 신을 모시며 최고의 영화를 누린 씨족, 그것이 타르족의 선조, 시우루 씨족이었다. 숫자가 적은 씨족이었는데도, 그들은 타르하마야신의 힘 덕분에 100년이나 로타르발을 지배했다."

등 뒤에서 치키사가 몸을 조금 움직였다. 스파루가 몸을 틀어 치키사를 봤다.

"오랜 세월이 흘러, 지금은 그들은 시우루라는 씨족명을 버리고 타르(음지)에 사는 민족이 되었다. 나라의 공식적인 자리에는 두 번 다시 나타나지 않겠다는 오래전의 서약에 따라 숲속 음지에 숨어 조용히 살고 있지."

스파루가 탄다에게로 시선을 되돌렸다.

"그리고 그들이 그 서약을 잊지 않도록 지켜온 민족이 있다.

자식에게, 손자에게, 그 임무를 잊지 말라고 전해온 민족이. 그게 우리들이다."

스파루의 혼에서 뜨거운 것이 전해져 왔다.

"머나먼 옛날 로타르발에 이상한 강물이 흘러왔다. 사람

눈에는 확실히 안 보였지만, 특별한 이끼가 그 강이 흘러온 것을 사람들에게 전했다고 한다.

눈에 보이지 않는 그 강은 이 세상 저편에 있는, 무척 풍요롭고 눈 덮인 봉우리가 우뚝 솟은 신들의 세계 '노유크'로부터 흘러온, 눈 녹은 물이었다."

"노유크… 나유그로구나!"

탄다가 놀라며 중얼거리자 스파루가 어깨를 으쓱했다.

"노유크, 나유그, 나유그루. …이 세상 저편에 있는 다른 세계를 사람들은 제각기 다르게 불러왔다. 우리 주술사들도 제대로 볼 수 없는 세계. 그것들이 똑같은 세계인지, 각기 다른 세계인지조차 명확하지 않다는 것은 자네라면 잘 알고 있을 것이다.

여하튼 로타르발 사람들은 이 다른 세계를 노유크라고 부르고, 그 세계의 사계절을 이 세상과 똑같이 아파루신이 관장하고 있다고 생각했다. 노유크에 봄이 오면 엄청난 양의 눈 녹은 물이 생기고, 위대한 신 아파루가 영양이 풍부한 그 물을 다른 세계로 흘려보내 풍요로움을 나눠준다고 생각한 거다.

눈에는 안 보여도 실제로 노유크에서 흘러온 강이 적신 대지는 예전보다 풍요로운 결실을 맺었다. 추위가 혹독한 북부에서도 피쿠야(신의 이끼)에 영양이 풍부한 열매가 맺혔으며, 그 열매를 먹고 짐승이 늘어 늑대도 굶주리지 않아 겨울에도 가축을 해치지 않았다고 한다.

하지만 이 강은 또한 아파루신의 못된 자식, 피를 좋아하는 무시무시한 신 타르하마야가 사는 강이기도 했다.”

스파루의 목소리가 낮아졌다.

“타르족의 전설에는 이렇게 전해오고 있다.

시우루 씨족에 여자애가 하나 태어났다.

그 여자애는 쑥쑥 자라 열여덟이 될 무렵에는 빛나는 것처럼 아름다운 모습이 되었다고 한다.

여자애는 어느 날 숲속에서 신비로운 샘을 발견했다. 한겨울인데도 그 샘 주위는 봄처럼 따뜻해, 원숭이들이 놀고 새가 지저귀고 있었다고 한다.

그 샘이 바로 노유크에서 흘러오는 물이 솟아나는 성스러운 장소였지. 그 샘에서 솟아 나온 물은 몇 줄기의 강이 되어 광활한 대지를 촉촉이 적셨다.

샘에는 다른 세계의 물을 먹고 자란 거대한 나무가 있었다. 사람 눈에는 안 보이는 그 나무를 여자애는 똑똑히 볼 수가 있었다.

나무를 올려다보던 여자애는 문득 성스러운 물을 빨아들

여 꽃을 피운 아름다운 나무가 거기에 기생하고 있는 것을 발견했다. 그것은 마치 목걸이 같았다. 목에 걸기 적당한 크기의 고리와, 꽃이 피어 있는 자그마한 고리가 하나로 이어져서 반짝였다고 한다.

여자애는 나무로 올라가서 손을 뻗어 기생나무의 고리를 잡았다. 그리고 그 고리를 목걸이처럼 자신의 목에 걸어봤지. …그러자 그 고리는 여자애의 몸속으로 빨려 든 것처럼 사라져버렸다고 한다."

스파루의 목소리가 유혹하듯이 낮아졌다.

"그것이 모든 것의 시작이었다. 기생나무의 고리가 여자애에게 무시무시한 힘을 준 것이다.

샘은 다른 세계와 이어져 있고, 나무는 다른 세계의 물의 통로였다. 다른 세계의 강에는 피에 굶주린 무시무시한 신 타르하마야가 살고 있었다.

여자애가 부르면 타르하마야는 강물을 타고서 기생나무의 고리를 통해 이쪽 세계로 나와 엄니가 있는 바람처럼 생명이 있는 존재들을 참살해갔다.

여자애는 타르하마야와 하나가 되어 그 덕분에 무려 100년 동안 열여덟 살의 모습 그대로 살았다고 한다."

뭔가 뜨거운 것이 혼을 묶은 줄을 통해 전해져 왔다.

"여자애는 사다 타르하마야(신과 하나가 된 자)로 불렸다. 이 신인(神人) 사다 타르하마야의 지배를 받은 시우루 씨족은 다른 씨족에게 싸움을 걸어 차츰 로타르발 전체를 정복해갔다.

어느 씨족이든, 강력한 군사력을 갖춘 씨족조차도 사다 타르하마야 앞에서는 무력했다.

사다 타르하마야는 적과 마주하면 천둥을 품은 뇌우처럼 미친 듯이 화를 냈다. 그녀가 화를 내면 그녀의 몸에서 타르하마야가 나타나 회오리바람처럼 사람들을 공격해, 순식간에 목을 찢어발겨 죽였다고 한다. 방패도, 돌로 싼 성벽도 타르하마야를 막아낼 수는 없었지.

많은 씨족이 멸망하고, 마침내 로타 씨족만 남고 말았다.

소규모의 시우루 씨족과 강대한 기마군단을 자랑하는 로타 씨족이 싸운 샤하안의 옛 전투장에서는, 광대한 초원에 정렬해 있던 로타의 각 씨족의 기마군이 순식간에 마치 풀이 잘리듯이 차례로 쓰러져 주위가 피바다로 변했다고 한다.

로타인은 항복했고, 사다 타르하마야는 로타르발에 군림했다. …그렇게 해서 악몽의 시대가 막을 연 것이다."

치키사가 갑자기 소리쳤다.

"…아, 아니야!"

스파루가 돌아보자 충혈된 눈으로 치키사가 스파루를 노

려보고 있었다.

"그, 그건 너희들 로타인들이 지어낸 전설이야."

스파루가 놀라며 눈썹을 치켜올렸다.

"무슨 말을 하느냐. 너는 타르족일 것이다. 설마 이 이야기를 모를 리가 없을 거다. 이것은 너희들에게 전해온 성스러운 전설이 아니냐?"

치키사가 고개를 저었다.

타르쿠마다(음지의 사제)한테서 성전(聖傳)을 들었을 때는 자신의 선조들은 참으로 잔인한 짓을 했구나 하고 선조를 부끄러워하며 죄의식을 느꼈다.

하지만 지금 이렇게 자신과 아스라를 죽이려고 하는 녀석이 자신의 선조를 비난하는 것을 들으니 몸 안에서 분노가 끓어오르며, 어머니의 말이 가슴으로 솟구쳐 왔다.

치키사는 어머니의 생각을 이단으로 여기고 있었다. 하지만 지금 아스라와 자신을 지키기 위해서는 어머니의 생각에 매달릴 수밖에 없었다.

치키사는 절대로 다른 사람 앞에서 발설해서는 안 된다며 어머니가 했던 말이 입에서 흘러나오는 것을 막을 수가 없었다.

"사다 타르하마야는 신을 몸으로 불러들여서 전쟁의 시대를 끝냈다. 하나의 신을 믿음으로써 로타르발은 비로소 통일된 나라가 되어 전쟁 없는 세상을 경험한 것이다!

너희들은 사다 타르하마야가 죽은 후에 로타르발을 통째로 빼앗아 초대 로타 왕이 된 키란을 신성화하기 위해 사다 타르하마야를 깎아내리고 우리를 숨어 살게 했으며, 오랫동안 계속 우리를 멸시하고 학대해왔다!"

스파루는 놀라서 치키사를 응시하고 있다가 깊숙이 고개를 끄덕였다.

"…그렇구나, 타르족에게 그런 생각이 싹터 있었구나.

이제 알았다. 네 어머니가 왜 오랜 세월 지켜왔던 소중한 금기를 깼는지 참으로 이상하다고 생각했는데."

그 말을 들은 순간, 치키사는 기가 죽었다. 타르족의 금기는 바뀌지 않았다. 하지만 어머니만이 이단적인 생각을 품고 금기를 깬 거라고 말할 마음은 없었다.

스파루는 입을 다물어버린 치키사에게 시선을 고정시키고서 말했다.

"로타인은 네 말대로 키란 왕을 신성화하고, 너희들을 음흉하고 이상한 사람이라며 멸시하고 있다. 그건 사실이다.

하지만 치키사, 신성화하기 위해 다른 사람을 깎아내리고 과거의 진실을 속이고 있는 것은 너도 마찬가지가 아니냐?

너는 사다 타르하마야의 지배하에서 로타르발이 비로소 씨족끼리의 분쟁이 없는 고요한 시대를 맞이했다고 했다. 그 말은 맞다.

그러나 그 고요함은 결코 백성이 만족했음을 뜻하는 것은 아니다. 두려워서 목소리를 내는 자가 없어서 고요함이 유지된 것일 뿐이지.

그 시대에 사다 타르하마야의 뜻을 조금이라도 거스르면 죽음이 기다리고 있었다.

압도적인 힘, 공포에 짓눌려 있던 고요를 너는 평화라고 하는 것이냐?"

"거짓말이다! 사다 타르하마야는 현명한 분이셨다! 선정을 펼치신 신성한 분이셨어!"

"거짓말이 아니다. 만약 사다 타르하마야가 선정을 베풀었다면, 그녀는 왜 살해당한 거지?"

"키란이 권력을 손에 넣고 싶어 했기 때문이다! 같은 욕망을 가진 자들을 모아서 그분을 참살한 것이다!"

스파루의 눈에 차가운 미소가 떠올랐다.

"천만에. 사다 타르하마야는 그렇게 순순히 키란에게 살해당할 정도로 약한 존재가 아니었다.

알고 있겠지? 신의 힘이 몸에 충만해 있을 때, 사다 타르하마야는 잠도 자지 않았던 것을. 그녀에게는 그 어디에도 파고들 틈이 없었다.

게다가 지배당하는 것에 익숙해지고 겁에 질려 있던 로타인이 무시무시한 사다 타르하마야 그자를 죽이려고 생각했을 리도 없다."

스파루는 천천히 고개를 저으면서 그렇게 말하고서 치키사에게 물었다.

"너는 스루 카샤루라는 이름을 들은 적이 있느냐?"

치키사는 힘주어 미간을 모으며 나지막이 말했다.

"스루 카샤루(죽음의 사냥개)는 사다 타르하마야가 키우던 개들의 이름이다."

스파루가 미소 지었다.

"타르쿠마다들은 비밀의 서약을 철저히 지키고 있나 보구나."

"비밀?"

"그렇다. 자신들을 계속 감시하는 자가 있다는 것을 사제이외의 사람들에게는 비밀로 하겠다는 서약이다.

너는 곧 죽을 몸이니까, 로타인도 그리고 평범한 타르족도 모르는 것을 가르쳐주지.

사다 타르하마야의 목을 벤 것은 키란 혼자서 해낸 일이 아니다. 사다 타르하마야가 '죽음의 사냥개'로 부리던 스루 카샤루가 도와서 안내하지 않았다면, 그는 성도(聖都)에 들어가는 것조차 불가능했다. 그 스루 카샤루가 바로 우리 카샤루의 선조다."

치키사가 놀라며 눈을 크게 떴다.

"스루 카샤루를 진짜 개라고 생각했느냐? 아니, 그들은 개가 아니었다. 사다 타르하마야에 의해 노예가 되어 '죽음의 사냥개'로 이용되던 민족의 이름이다.

지금도 옛날에도 우리는 초원에 굴을 파서 사는 민족이다. 로타나 시우루처럼 무력을 써서 나라를 세울 마음은 없고, 강의 흐름을 따라서 자그마한 취락을 이루고 고기잡이나 사냥을 하며 조용히 살아왔지.

다만 우리 민족에게는 짐승에게 혼을 실어 들판을 달리고 하늘을 나는 능력을 가진 자가 있었다. 그리고 짐승처럼 사람에게 들키지 않고 들에 숨고 숲을 달릴 수가 있었지. …그것이 우리 비극의 불씨가 된 것이다."

스파루의 목소리에는 쓸쓸함이 깃들어 있었다.

"선조들의 그런 능력에 주목한 사다 타르하마야는 가족을 인질로 삼음으로써 우리 선조들을 노예로 만들어, 그녀에게 반감을 품은 자들을 색출해내는 파렴치한 짓을 시킨 것이다.

그들의 손아귀에서 벗어난 사람들도 있지만, 노예가 된 우리 선조가 얼마나 끔찍한 일을 해야 했는지 우리는 지겨울 정도로 들으며 자랐다.

너는 로타인이 자신의 선조를 미화하기 위해 사다 타르하마야를 깎아내리는 전설을 꾸며냈다고 하지만, 그렇다면 우리는 어떻게 되지? 우리 선조는 자신들이 저지른 파렴치한 소행에 대해 자손들에게 왜 그토록 상세히 전해왔다고 생각하지?"

치키사는 입술을 떨며 잠자코 있었다.

"그건 말이다, 잊지 않도록 하기 위해서다. 기억을 풍화시키지 않기 위해서지.

언젠가 오랜 세월이 흘러 또다시 그 강이 이 세상으로 흘러왔을 때, 무시무시한 신이 찾아오는 것을 자손들이 간과하는 일이 없도록, 두 번 다시 같은 실수를 반복하지 않도록 마음에 깊이 새기기 위해서였다."

스파루가 입을 다물자, 무거운 침묵이 세 사람 사이에 흘렀다.

깊이 숨을 들이마시고 스파루가 입을 열었다.

"강의 흐름이 약해지며 사라지기 시작했을 때, 마침내 사다 타르하마야에게 쇠락의 시기가 도래했다.

그녀는 이따금 꾸벅꾸벅 졸게 되었고, 몸도 쇠약해지며 늙기 시작했지. 강의 흐름이 완전히 멈추면 그녀 역시 노쇠해 죽을 거라고 사람들은 생각했다.

하지만 우리 선조는 그녀가 노쇠해서 죽기를 기다릴 수가 없었다. 시우루인은 숫자가 적다. 사다 타르하마야가 자신이 죽은 후에 시우루 씨족이 위험에 처하는 일이 없도록, 시우루족 이외의 사람들을 몰살시켜버릴지도 모른다는 점을 두려워한 것이다.

다만 우리 민족은 숫자도 적고 정치를 좋아하지 않는다. 사다 타르하마야를 죽이면 나라가 혼란스러워질 게 분명했지만, 자신들이 국정의 표면으로 나올 생각은 전혀 없었고, 게다가 그런 힘도 없다는 것을 잘 알고 있었지.

그래서 선조들은 고민 끝에 로타인을 뒤에서 돕기로 결정했다.

로타인 중에서 가장 인망이 두터웠던 키란이라는 젊은이에게 은밀히 사다 타르하마야가 쇠약해진 것을 전하고, 그를 도와서 사다 타르하마야의 목을 베려고 생각한 것이다.

하지만 사다 타르하마야가 사는 출입금지 구역의 숲은 시우루의 사제들이 지키고 있어, 아무리 우리 선조들이라도 들키지 않고 몰래 들어가기는 어려웠다. 그래도 우리 선조들은 결단을 내려 그 숲으로 들어가려고 했지.

그런데 그때… 뜻밖의 아군이 나타난 것이다.”

스파루는 복잡한 표정을 띤 눈동자로 치키사를 응시했다.

“너는 알고 있을 거다. 그것이 너희들의 선조, 사다 타르하마야를 섬기며 그녀를 지켜오던 시우루의 사제들이었다는 것을.”

치키사는 입술을 꽉 다물고 아무 말도 하지 않았다.

“그들은 사다 타르하마야 덕분에 오랫동안 영화를 누리며 사람들을 지배해왔다. 하지만 한편으로 그들은 사다 타르하마야를 섬기는 데 지쳐 있기도 했지.

사다 타르하마야는 사람의 마음을 갖고 있지 않은 냉담한 신인이었다. 그녀 앞에서는 사람의 목숨은 거품처럼 순식간에 사라져버리는 하찮은 것이었지. …언제 분노가 폭발할지 모르는 무시무시한 신에게 짓눌려 살아온 삶에 그들 스스로가 견딜 수 없어진 것이다.”

스파루는 담담히 말을 이었다.

“사다 타르하마야가 쇠약해지기 시작했을 때, 시우루의 사제들은 생각했다.

성스러운 강이 흐르지 않게 되면, 타르하마야신도 이 세상에서 사라진다. 그때 자신들이 어떻게 될지를.

공포의 신이 사라지면 반드시 로타 씨족은 들고 일어나서 반란을 일으킬 것이다. 그렇게 되기 전에 사다 타르하마야로 하여금 로타인을 몰살시키게 할까…?"

스파루는 천천히 고개를 저었다.

"치키사, 네 선조는 그때 중대한 결단을 내렸다. 그것은 인간으로서 매우 중요한 결단이었다고 나는 생각한다.

그들은 잔혹한 신에게 매달려 끔찍한 학살을 행하기보다는 로타 씨족의 대장과 손을 잡고 잔혹한 신인을 죽일 결단을 내린 것이다."

치키사는 저도 모르게 스파루의 이야기에 빠져들었다. 카샤루의 눈으로 본 그 이야기는 치키사의 귀에는 신선하게 들렸다. 항상 타르쿠마다한테 듣던 내용과는 비슷한 것 같으면서도 조금 다른 색깔을 지녔기 때문이다.

"우리 카샤루가 키란을 성도로 안내해서 사다 타르하마야가 사는 숲으로 은밀히 다가갔을 때, 시우루의 사제들이 나타났다. 그러고는 밀담을 제안해 왔지.

사제들은 자신들이 사다 타르하마야를 옆에서 모시고 있으니까, 그녀가 졸기 시작하는 순간을 가르쳐줄 수 있다고 말했다.

그러면서 그들은 사다 타르하마야를 죽이는 것을 돕겠다, 그 대신 사다 타르하마야가 죽은 후에 시우루족에게 싸움을 걸지 않겠다고 약속해달라고 키란에게 제안했지.

키란은 처음에 동의하지 않았다. 시우루족은 성스러운 강과 성스러운 나무를 볼 수 있는 초능력자가 많은데, 그런 초능력자가 언제 또다시 기생나무의 고리를 품어 타르하마야를 불러와서 사다 타르하마야가 될지도 모른다고 하며."

땀에 젖은 손을 무릎에 닦고서 스파루가 말을 이었다.

"그러자 시우루족 사제들은 두 번 다시 타르하마야를 불러오는 일이 없도록 하겠다고 맹세하며 이렇게 말했다.

'잔혹한 신의 힘으로 나라를 지배하는 것이 얼마나 무서운 일인지를 우리는 그 누구보다도 잘 알고 있다. 이제 그런 삶은 살고 싶지 않다고 진심으로 생각한다.

우리는 시우루라는 이름을 버리고, 두 번 다시 표면에 나서서 나랏일에 개입하지 않는, 타르(음지)의 백성이 되겠다.

조용히 숲속에 살며, 사제는 타르쿠마다가 되어 타르하마야가 활개 치지 못하도록 우리 민족을 가르치고 인도할 것을 맹세한다.'

그래도 키란은 동의하지 않았다."

스파루가 입술을 적셨다.

"그때 우리 선조들이 입을 열었다.

'우리는 더 이상의 피가 흘러 산하를 더럽히기를 원하지 않는다.

키란이여, 우리가 시우루를 감시하겠다. 이제부터 언제까지고 계속 감시할 것을 맹세한다.

그 대신 키란이여, 그대가 로타 왕이 되었을 때는 굳게 맹세해라. 타르하마야와 시우루에 관한 일은 왕보다도 우리 카샤루에게 권한을 주겠다고 맹세해라.'

이 서약은 지금도 은밀히 지켜지고 있다. 키란 왕의 직계 자손과, 로타의 사제들, 타르쿠마다들, 그리고 우리 카샤루 사이에서."

스파루가 한숨을 쉬었다.

"이렇게 해서 사다 타르하마야는 살해당했다.

죽기 직전, 사다 타르하마야가 소리쳤다고 한다.

'나는 죽지 않는다. 죽어서 싹을 틔우는 초목처럼, 또다시 강이 흘러왔을 때 내 몸에 깃든 성스러운 고리는 싹을 틔워, 신을 불러올 것이다. 나를 불태우면 신이 반드시 이 나라를 멸망시킬 것이다!'라고.

그런 다음 그녀가 죽자 그녀의 몸이 투명해지기 시작했다. 시우루의 초능력자만 그 모습을 어렴풋이 볼 수 있었다. 그 기생나무의 고리도 전혀 안 보이게 되었지.

신의 분노를 두려워해, 그들은 그것을 신전 안쪽에 모시기로 했다. 그리고 그곳은 그 누구도 출입할 수 없는 구역이 되었지.

그녀가 죽은 후에 우리와 로타와 시우루 사이의 서약은 지켜졌다. 시우루의 사제들은 자신들의 민족을 이끌고 숲속으로 사라졌다. 그리고 키란은 왕이 되어 로타 왕국을 세웠다."

스파루는 긴 한숨을 쉬었다. 그러고는 치키사를 응시했다.

"알겠니, 치키사? 시우루족 사제들은 그때 우리 카샤루의 선조에게 맹세했다.

성스러운 강이 흘러왔을 때, 또다시 타르하마야를 불러오려는 자가 나타나면 반드시 그자를 카샤루에게 넘기겠다고."

치키사는 눈을 휘둥그렇게 뜨고는 떨기 시작했다.

"그렇다. 네 어머니는, 그 서약을 지킨 타르쿠마다들이 우리 카샤루에게 '죽어야 할 사람'으로서 넘긴 것이다.

사다 타르하마야의 묘소에 몰래 들어간 여자가 있다는 말을 들었을 때 우리는 놀랐다.

하지만 그녀가 초능력자가 아니라는 말을 듣고 가슴을 쓸어내렸지. 초능력자가 아니라면 아무리 묘소에 들어간들 할수 있는 일이 없을 테니까."

스파루가 얼굴을 일그러뜨렸다.

"그건 우리의 착각이었다. …그러나 나는 경계는 하고 있었다. 로타 병사에게 네 어머니를 넘겼을 때도, 우리는 은밀히 활을 준비해 네 어머니를 겨누고 있었다."

그날 아침 일이 떠오르자 치키사는 주먹을 꽉 쥐었다.

"하지만 네 어머니가 위험에 처해도 타르하마야는 나타나지 않았다. 그래서 우리는 가슴을 쓸어내린 것이다."

치키사가 쥐어짜는 듯한 목소리로 말했다.

"…그렇다면 어머니를 죽일 필요는 없었잖아?"

스파루의 얼굴에 괴로워하는 빛이 스쳤다.

"출입금지 구역인 사다 타르하마야의 묘소에 들어간 것은 오래된 서약을 깨는 무시무시한 대죄다. 비록 어린 자식이 있다고 해도 내버려둘 수는 없었다."

치키사의 눈에 눈물이 가득 고였다.

"설마 챠마우(신을 불러오는 자)가 네 어머니가 아니라 여동생일 줄이야…. 엄청난 실수를 하고야 말았다."

스파루가 낮은 소리로 말했다.

"하지만 아직 손쓸 방법은 있다. 아스라는 잠도 자고 정신을 잃기도 한다. 그렇다면 아직 완전한 신인 사다 타르하마야는 아니다.

예전에 강물이 사라지기 시작했을 때 사다 타르하마야를 죽일 수 있었듯이, 그 애가 강력한 힘을 갖기 전이라면 죽일 수 있을 거다."

스파루는 입을 다물었지만, 마음속에는 후회와 슬픔이 소용돌이쳤다.

'강'이 흘러온 것을 알고, 신타단 감옥에 있는 개의 눈에 새겨진 그 애 얼굴을 봤을 때부터 그 애가 챠마우인 것을 알았는데도, 마침내 따라잡았을 때 차마 죽일 수가 없었다. 어린 여자애를 죽이지 않아도 될 방법을 마음속 어딘가에서 찾고 있었던 그 나약함이 이런 사태를 초래하고 만 것이다.

방바닥에 시선을 떨어뜨린 스파루의 얼굴에는 깊은 피로와 고통이 배어 있었다.

몸을 불태우던 분노가 어느 틈엔가 치키사의 마음에서 사라졌다. 대신에 타다 만 나뭇가지에 물을 끼었었을 때처럼, 이상한 냄새를 피우며 슬픔에서 연기만 피어올랐다.

분노를 계속 타오르게 할 수 없는 것이 치키사의 마음에 있었기 때문이다. 신타단 감옥에서, 그리고 그 여인숙에서 동생이 얼마나 끔찍한 짓을 했는지 치키사는 보고야 말았다. 이 남자의 말이 옳다면 자신들의 정체는 과연 뭘까? 앞으로도 끔찍한 참사를 일으키는 재앙의 불씨인 걸까?

탄다가 치키사의 초점 잃은 눈을 응시하고 있다가, 이윽고 불쑥 말했다.

"스파루."

스파루가 눈을 들자, 탄다가 로타어로 물었다.

"이걸로 당신 이야기는 끝났나? 이것이 아스라를 죽이는 이유인가?"

스파루가 살짝 미간을 모으고 탄다를 봤다.

"더 이상의 이유가 필요하다는 거냐?"

탄다가 고개를 끄덕였다.

"그렇다. …당신은 선조로부터 전해 내려온 것을 진실이라고 말한다. 하지만 과거에 무슨 일이 일어났는지 아무도 모른다. 제대로 된 진실은 아무도 모르는 법이지.

당신의 선조가 전한 이야기에도 자신의 몸을 보호하기 위해 적당히 꾸며낸 거짓이 있었을지도 모른다. 치키사의 변명에도 진실이 숨어 있지 않다고 누가 장담할 수 있지?"

스파루의 표정이 흐려졌다. 탄다가 온화한 어조로 말을 이었다.

"비록 아스라에게 타르하마야의 능력이 깃든다 해도, 그녀가 예전의 사다 타르하마야처럼 반드시 공포에 의해 사람을 지배하는 것은 아니다.

가령 요고 백성들은 황제를 신의 자손으로 우러러 받들어, 황제의 눈을 보기만 해도 벼락을 맞은 것처럼 죽는다고 알려져 있다. 어느 나라 왕이든 강력한 힘으로 백성을 지배하고 있지.

왜 아스라만 살아가는 법에 대한 선택권을 처음부터 박탈 당해야 하지?"

탄다와 스파루가 서로 응시했다. 치키사의 눈에 어렴풋이 생기가 돌아왔다. 가느다란 실에 매달리듯이, 치키사가 목소리를 쥐어짜듯이 말했다.

"그래요. …아스라는 다정한 아이예요. 사람을 죽이며 기뻐할 애가 아니에요!"

스파루가 어깨를 으쓱했다.

"그럴지도 모르지. 그래도 지금의 상황은 전혀 변하지 않는다. 로타 왕국에 강력한 힘을 가진 새로운 권력자가 태어나면 어떤 참사가 일어날지 생각할 필요도 없는 일이다."

스파루가 치키사를 돌아봤다.

"너는 봤지? 동생이 무슨 짓을 했는지. 얼마나 무시무시한 힘을 갖고 있는지. 신타단 감옥의 상황을 봤으면 내가 옳다는 것을 금세 이해할 것이다.

한 사람을 죽이기만 해도 죽을죄에 해당한다. 이미 그 아이는 백번 죽어 마땅하다."

스파루가 지그시 치키사를 응시하며 말했다.

"너는 동생을 다정한 아이라고 했지만, 그렇다면 그렇게 많은 사람의 목숨을 잔인하게 빼앗았으면서도 왜 뻔뻔하게 살아 있을 수가 있지? 어리기 때문이냐? 아니면 그것이 신의 소행이라고 생각하기 때문이냐?"

치키사는 대답할 수가 없었다. 스파루가 씁쓸한 어조로 말했다.

"어느 쪽이든 마찬가지다. 자신이 초래한 죽음에 죄의식을 느끼지 않으면, 그 아이는 반드시 사람을 또 죽일 거다. …너는 빼앗길지도 모르는 사람의 생명이 염려되지 않느냐?"

탄다가 끼어들었다.

"치키사를 비난하는 것은 옳지 않다, 스파루. 심한 말을 하지 마라."

스파루가 돌아보며 탄다를 노려봤다.

"심하다고? 천만에. 나는 더 이상 재앙을 퍼뜨리지 않기 위해 최선을 다하고 있는 것이다. 그것이 심하다고 한다면 너는 뭘 할 수가 있지? 응, 탄다?

앞으로 사망자가 나오면, 너도 더 이상 방관자가 아니다. 너도 그 살인에 손을 빌려준 꼴이니까!"

스파루가 상기된 얼굴로 내뱉었다.

"왜 모르는 것이냐? 그 아이를 어둠에서 구할 방법이 있다면, 자신이 무슨 짓을 했는지를 똑똑히 깨닫게 하는 수밖에 없다! 마음이 깨끗하고 다정한 아이라면 스스로 죽음을 택하겠지. 그렇지 않다면 죽여야 하는데, 그래도 잔혹한 신으로 변하는 것보다는 훨씬 낫지 않을까!

너희들은 그 아이가 사람을 학살하는 모습을 보고 싶은 것이냐? 그런 미래를 초래할 생각이냐?"

탄다가 주먹을 불끈 쥐었다. 가만히 방바닥의 한 점을 응시하고 있다가, 이윽고 눈을 들어 스파루를 봤다.

"아스라가 자신의 정체를 알고서 무시무시한 신을 부를 바에는 죽음을 택하겠다는 생각을 하게 된다면 어떠냐? 그럴 가능성이 없다고는 할 수 없을 것이다.

아스라가 그렇게 결심하고, 그리고 요고에 평생 머무르며 그 강의 성지에 접촉하지 않고 살아간다면 어떠냐? 내가 아스라의 일생을 책임지겠다."

스파루는 순간 탄다를 응시했지만, 이윽고 고개를 저었다.

"그건 무리다. 사람은 약한 존재고, 일생은 길다. 무슨 일이 일어날지 모르지 않는가? 네가 책임을 지겠다는 그 마음이 거짓이 아닌 것은 잘 알지만, 그렇다고 해도 네가 책임질 수 있다는 말은 믿을 수 없다."

탄다가 스파루를 응시했다.

"책임진다는 것은 죽이겠다는 뜻이다. 막을 수 없을 때가 오면 죽이겠다는 거다. 틀림없이 바르사도 같은 말을 할 것이다.

나는 아직 아무 일도 일어나지 않았는데 아스라를 죽이는 것은 용납할 수 없다. 아스라가 잘못된 선택을 하면 그때 죽이겠다는 것이다. 나와 바르사 둘이서.

사다 타르하마야가 되지 않으면 아스라는 잠도 자고 늙기도 하겠지?"

탄다가 치키사를 봤다.

"치키사, 너는 어떠냐? 평생 여동생의 지킴이가 되겠느냐?"

치키사가 어두운 눈으로 탄다를 응시하고 있다가, 이윽고 살짝 고개를 끄덕였다.

탄다가 다시 요고어로 스파루에게 말했다.

"이것은 최후의 선택이다. 너도 나도 다른 선택의 여지가 없다. 이 조건을 수용하고 주술사끼리의 서약을 하지 않으면, 바르사가 들를 가능성이 있는 장소는 죽어도 가르쳐주지 않겠다."

스파루가 방으로 들어가자 시하나가 눈을 들었다. 마크루와 캇하루는 옆방에서 자고 있었다. 마크루는 다친 캇하루를 부축해 간신히 산을 내려와서 이 여인숙까지 왔지만, 둘 다 체력이 바닥나고 말았다. 시하나는 방금 전까지 두 사람을 간병하다가 방금 돌아온 참이었다.

바닥에 털썩 주저앉더니 스파루가 말했다.

"바르사가 들를 가능성이 있는 장소를 몇 군데 알았다."

스파루가 탄다한테 들은 이야기를 전하자 시하나의 얼굴이 빛났다.

"다행이네. 마크루와 캇하루가 회복하면 탄다를 처치하고 한시라도 빨리 출발하기로 해."

스파루가 얼굴을 잔뜩 찌푸렸다. 한동안 잠자코 있다가, 이윽고 눌러 짜내듯이 말했다.

"…그 둘은 함께 사로가로 간다. 그 여자애를 죽일지는 그다음에 결정한다."

"뭐라고? 무슨 말을 하는 거야, 아버지?"

시하나의 목소리가 높아졌다. 쉿 하고 딸을 제지시키며 스파루가 말했다.

"그게 탄다의 조건이다. 같이 사로가로 가서 모두 함께 다시 한 번 가능성을 상의하자."

시하나는 믿을 수 없다는 식으로 짧게 웃었다.

"아버지, 제정신으로 하는 말이야? 장소를 알아냈으면 이제 조건을 수용할 필요가 없잖아."

스파루가 지그시 딸을 응시했다.

"조건을 수용한 것이 아니라, 나도 그렇게 해야 한다고 생각했기 때문이다. 내 마음속에는 아무래도 꺼림칙한 것이 있다. 성급히 그 여자애를 죽여서는 안 된다는 생각이 자꾸만 드는구나. …혼을 잇는 실을 통해 내가 그런 생각을 갖고 있는 것을 느껴서 탄다가 그런 제안을 한 것이다."

시하나는 무슨 말을 하려다가 그만두었다. 그 눈에는 복잡한 표정이 떠올라 있었다.

잠시 후에 시하나가 살짝 머리를 흔들었다. 아버지의 말을 받아들였다는 뜻으로도, 말도 안 된다는 뜻으로도 해석할 수 있는 한숨과 함께.

제3장

함정으로
유도하는
편지

1

부정 탄 양

초가을의 맑게 갠 날, 로타 왕국의 왕도는 열기에 휩싸여 있었다.

로타 왕국의 모든 씨족장이 한자리에 모이는 라마루 한(가을의 대집회)의 계절이 찾아왔기 때문이다. 1년의 수확을 축하하고 왕국의 자산이 될 세금을 거두는 중요한 집회다. 왕도에 거주하는, 왕국 남부의 여러 씨족을 통솔하는 세 명의 대영주는 물론이고, 북부의 소규모 씨족의 씨족장들도 짐수레 행렬을 이끌고 왕도로 모여들었다.

로타의 왕도는 광대한 초원 한가운데에 신기루처럼 나타나는 웅대한 도읍이다. 주위를 견고한 외곽으로 에워싸고 중앙에 왕성이 우뚝 서 있으며, 그 주위를 둘러싸듯이 대영주들의 웅장하고 아름다운 관사가 있다.

외곽 안쪽에 상점을 갖고 있는 상인들은 모두 많은 세금을 내는 대신에 왕의 보호를 받는 대상인이며, 외곽 바깥쪽에는 벽도 병사도 보호해주지 않는 하급 상인들이 활기차고 씩씩하게 노점이나 오두막에서 장사를 하고 있다.

그날 왕성의 집회실에서는, 왕족을 비롯해 세 명의 대영주와 그 휘하의 씨족장들, 그리고 북부의 여덟 씨족의 씨족장들이 타원형의 커다란 회의용 탁자를 둘러싸고 있었다.

중정을 향해 열려 있는 여덟 개의 커다란 창문으로 투명한 가을 햇살과 함께 바람이 약하게 들어와, 사방에 장식된 꽃을 흔들었다.

로타 왕 요사무는 회의용 탁자를 내려다볼 수 있는 약간 높은 위치의 옥좌에 편안히 앉아, 방금 전에 자신이 한 말에 시뻘건 얼굴로 분개하고 있는 대영주들을 내려다보고 있었다.

"···감히 아뢰옵니다, 요사무 폐하."

뚱뚱한 체구의 대영주 아만이 신음하듯이 말했다.

"세금이라는 것은 평등을 원칙으로 합니다. 풍족한 자가 많은 세금을 빼앗기게 되면 풍족해지기 위해 열심히 일한 자가 손해를 보게 됩니다. 외람되지만, 저는 남부만의 증세에는 반대이옵니다."

다른 대영주도 아만의 말에 고개를 끄덕였다.

요사무가 차분한 어조로 대답했다.

"하지만 아까도 보고가 있었듯이, 양에게 돌림병이 퍼지기도 해서 금년 재정은 그 어느 해보다도 어렵다. 증세는 피할 도리가 없다."

아만이 몸을 앞으로 쑥 내밀었다.

"그렇다면 북부도 똑같이 증세를 해야 합니다. 남부만 부담할 것이 아니라! 평등하려면 그래야 마땅하겠지요!"

얼마 전에 북부의 얀 씨족의 씨족장이 된 젊은이 라한이 아만에게 매서운 시선을 보냈다.

"외람되지만, 아만 대영주님…."

아만은 마치 파리라도 쫓는 듯한 동작을 했다.

"잠자코 있게나. 나는 지금 요사무 폐하와 이야기하고 있네."

북부 사람들이 술렁였다. 분노로 창백해지며 라한이 일어서려고 한 순간, 옥좌 아래쪽에 앉아 있던 왕의 동생 이한이 일어섰다.

"조용히 하라."

목소리를 높인 것도 아닌데도 그의 굵은 목소리는 집회실 전체로 퍼졌다.

"아만 대영주. 여기는 왕의 집회실이다. 여기서는 각 씨족의 장들은 모두 동등한 발언권을 갖고 있다. 대영주라 해도 여기서는 씨족장과 똑같은 지위에 있다."

아만은 정중하게 고개를 끄덕여 보였지만, 눈에는 조소하는 빛이 떠올랐다.

"이거 실례를 범했군요. …무슨 말을 하고 싶었나, 라한님?"

라한은 분노로 이글거리는 눈으로 아만을 노려보며 숨을 크게 들이쉬고 나서 말했다.

"요사무 폐하께서 말씀하신 대로, 북부에서는 양에게 돌림병이 퍼져 심한 피해를 입었습니다.

남부분들에게 증세는 비축해둔 것이 조금 줄어드는 정도의 의미지만, 우리에게 증세는 씨족 사람들이 굶느냐 먹느냐 하는 문제입니다. 똑같이 증세를 하는 것은 결코 평등한 과세가 아닙니다!"

북부의 씨족장들이 일제히 박수를 보냈다. 남부 사람들은 어깨를 으쓱하고는 서로 쑥덕이더니, 이윽고 아만이 또다시 입을 열었다.

"요사무 폐하. 부디 재고해주시기 바랍니다. 로타 왕국의 국력이 어느 씨족 사람들에 의해 유지되고 있는지를 잊지 마셨으면 합니다.

북부 사람들이 굶주리는 것이 난처한 일인 것은 분명하지만, 우리 남부 사람들에게 부담이 늘면 결국은 왕국의 국력에 영향을 미친다는 사실을 설마 잊지는 않으셨을 거라고 생각합니다만."

옥좌에 앉은 요사무의 눈이 번쩍였다.

"…아만 대영주. 나에게 국정에 대해 가르쳐주실 생각인가?"

아만은 당황하며 안색이 변했다. 요사무는 온화한 왕이었지만, 뜻밖에 그에게서 발산된 위압감은 순식간에 집회실의 긴장감을 높였다.

"아니… 천부당만부당하옵니다, 폐하."

기어드는 목소리로 나지막이 말하는 아만의 말을 받듯이 그 옆에 앉아 있던 노인, 대영주 스안이 입을 열었다.

"아만 님은 단어 사용에 조금 신중함이 부족한 듯한데, 폐하, 그런 사소한 것에 노여워하지 마시기 바랍니다."

스안은 알아듣기 힘든 쉰 목소리로 말하고서 요사무를 응시했다.

"북부 사람들도 로타 왕국의 신민이죠. 굶주리게 할 수는 없습니다. 남부 사람들이 세금을 좀 더 부담함으로써 그들에게 도움이 된다면 우리가 부담을 하는 것은 어쩔 수 없겠지요."

아만을 비롯해 남부의 씨족 사람들이 놀란 표정으로 장로 스안을 응시했다. 하지만 스안의 말은 거기서 끝난 게 아니었다.

"다만 돈을 많이 지불하면 더 고가의 것을 살 수 있는 것이 이 세상의 원칙입니다. 세금을 많이 부담하라고 말씀하실 거라면 그 나름의 보상을 저희에게 주셔야 하겠지요.

조금 전에 이한 전하가 이 집회실에서의 발언권은 평등하다고 말씀하셨지만, 나라를 보다 더 풍요롭게 하는 자들의 발언은 국력을 약화시키는 자들의 발언보다 더 존중되어야 마땅하다고 생각합니다. …어떠십니까, 요사무 폐하? 제가 잘못 생각하는 것인지요?"

뜻밖의 말에 집회실은 정적에 휩싸였고, 그런 다음 벌집을 쑤신 것처럼 소란스러워졌다.

왕의 동생 이한이 벌떡 일어서더니 단창의 창고달을 탕, 탕 하고 바닥에 내리쳤다.

깜짝 놀라 사람들이 입을 다물자 이한이 스안을 노려봤다.

"아까부터 듣고 있다가 한 가지 이상하다는 생각이 들었는데."

분노를 품은 어조로 이한이 말했다.

"여기 모인 사람들은 남부나 북부 사람이기에 앞서 우선 로타 왕국의 신민이 아닌가? 스안 님, 그렇지 않은가?"

스안이 어깨를 으쓱했다.

"그건 그렇습니다만."

"그렇다면 무엇보다도 나라를 안정시키는 것을 최우선으로 생각해야 할 것이다.

평등, 불평등을 운운하자면, 토지가 우선 평등하지 않다. 곡물 수확량이 많고 남쪽 해안선을 따라 다른 나라와의 무역이 가능한 남부와, 메마른 대지와 기나긴 겨울, 눈보라와 늑대의 위협을 받는 북부는 애당초 평등할 수가 없다.

부를 가진 자에게 보다 더 많은 권력을 주는 것을 어떻게 평등이라고 할 수 있지? 남부가 풍요롭다는 이유로 북부 사람보다 국정에서 더 많은 권력을 갖는다면, 이 나라는 분열할 것이다.

그대가 한 말은 왕에 대한 불경 이상의 대죄에 해당하는 것이다, 스안 님. 그대는 나라를 위태롭게 하고 있다."

스안은 전혀 주눅도 들지 않고, 젊은 사람은 어쩔 수 없다는 표정으로 천천히 고개를 저었다.

"천만에요. 이 나라를 위태롭게 하는 것은 우리가 아닙니다. 잘 생각해주셨으면 합니다. 무엇보다도 이 나라를 위태롭게 하는 것은 국력의 부재입니다. 북부 사람들이 이해하기 쉬운 예를 들어 말하면, 말라서 힘이 없는 양떼는 늑대의 먹이가 되어 멸종할 따름입니다.

잘 먹어 튼튼한 수많은 숫양의 보호를 받아 커다란 무리를 이루지 않으면, 이 나라는 언제 다른 나라의 침략을 받을지 모릅니다."

스안이 그윽한 눈을 요사무에게 향했다.

"증세를 하시고 싶으면 그렇게 하셔도 좋겠지요. 하지만 국고를 지탱하는 남부를 약화시키기보다는, 재삼 말씀드리듯이 쓰라무항을 타르슈 제국과의 교역항으로 개항하셔야 합니다. 산갈 왕국의 탐욕스러운 상인들에게 남쪽 대륙과의 교역권을 독점하게 해서 언제까지 단물을 빨게 할 생각이신가요?

타르슈 제국과의 직접 교역을 시작으로 독자적인 교역로를 개척해갈 수 있으면, 로타 왕국은 지금보다도 훨씬 풍요로워집니다. 북부의 씨족들도 모피 교역 상대가 확대되지요. 국력이 강해지면 타르슈 제국을 두려워할 필요도 없습니다. 주저할 필요가 없다고 생각합니다만."

남부의 씨족만이 아니라 북부의 씨족 사이에서도 술렁임
이 퍼져가기 시작했다. 여기저기서 논쟁을 벌이는 소리가 들
리더니, 금세 집회실 전체가 소란스러운 목소리에 휩싸여버
렸다.

탕, 탕 하고 창고달이 바닥을 두드리는 소리가 울려 퍼졌
다. 목소리가 잠잠해지기를 기다렸다가 요사무 왕이 입을 열
었다.

"이 이야기는 벌써 몇 번이나 했을 텐데, 스안 님. 우리 로
타에게 있어서 타르슈 제국과의 직접 교역은 이득이 많고 매
력적인 것은 사실이다.

하지만 우리 나라에 항구를 확보함으로써 타르슈 제국에
는 어떤 이익이 있느냐? 왜 그들은 남쪽 대륙보다 훨씬 가난
하고 제대로 된 토산물도 없는 우리 나라와 '교역'을 하고 싶
어 하지? 머나먼 바다를 건너서 이익이라곤 거의 없는 장사
를 왜 하고 싶어 하는 것이지?"

정적에 휩싸인 집회실 안에 차분한 요사무의 목소리만 들
렸다.

"그들의 의도는 딱 한 가지다. 북쪽 대륙으로의 발판을 마
련하는 것이다. 공격해 올라가기 위한 발판을. 그들은 전쟁이
끊이지 않는 남쪽 대륙에서 다른 나라를 집어삼켜 막강한 제

국이 되었다. 손해 볼 일을 할 리가 없다.

서로 교역만 하여 우리 나라의 국력을 키워두면 설령 타르슈 제국이 공격해 와도 두려워할 것이 없다고 스안 님은 말했지만, 과연 그럴까? 타르슈 제국이 그 정도로 허술할 것 같으냐?

그대들은 우리 나라만 생각하는데, 좀 더 넓은 눈으로 보도록 해라.

가령 산갈 왕국의 경우를 보자. 우리 나라가 타르슈 제국과의 직접 교역을 시작하면, 산갈 왕국의 국력은 확실히 약화된다. 산갈 왕국은 우리 북쪽 대륙을 남쪽 대륙으로부터 막아주고 있는 가장 중요한 방어벽인 셈이다.

만약 우리 나라와 산갈 왕국의 관계가 악화되거나 산갈 왕국의 국력이 약화되어 타르슈 제국의 손에 함락되기라도 하면, 타르슈 제국이 공격해 올라오기 위한 사다리가 생기고만다. 그 점을 생각한 적이 있느냐?"

요사무 왕은 눈가에 피로가 밴 얼굴로 덧붙였다.

"타르슈 제국은 앞으로도 달콤한 유혹을 해 올 것이다. 하지만 아까 스안 님이 했던 비유를 빌리자면, 녀석들은 우리를 잡아먹을 생각만 하는 늑대라는 사실을 잊어서는 안 된다. 녀석들이 우리를 살찌게 해준다면, 그것은 보다 더 식감이 좋고 배가 든든해지는 고기로 만들기 위한 것이다. 그렇지 않겠느냐?

국력은 다른 방법으로 길러야 한다. 그리고 지금 가장 중요한 것은 국내에 분열을 일으키지 않는 것이다."

요사무 왕이 조용하지만 단호한 어조로 말했다.

"이익에 따라서 세금을 매기는 것을 나는 평등이라고 생각한다. 세금이 많고 적음에 따라 발언권의 경중을 둘 생각은 없다."

남부 사람들의 얼굴에는 불만스러운 빛이 노골적으로 드러났고, 북부 사람들의 얼굴은 환해졌다.

그러나 요사무 왕이 다음 말을 내뱉은 순간, 집회실의 공기가 바뀌었다.

"한 가지 더. 전력을 다해 북부를 풍요롭게 하는 것이 나라의 안정에 직결된다고 나는 생각한다. 나라의 재정이 양의 돌림병에 좌우되는 일이 없도록 북부 사람들에게 샤한(갈색 털의 양)을 늘릴 것을 명한다."

북부 사람들의 얼굴이 굳어졌다.

"…샤한? 부정 탄 양을 늘리라고 말씀하시는 겁니까…?"

남부 사람들은 무관심하거나 혹은 냉소를 짓고 있었지만, 북부의 씨족, 특히 노인들은 눈에 극심한 혐오의 빛을 담아

왕의 동생을 보고, 왕을 봤다.

"과거에…."

북부의 장로 격인 씨족장 니기리가 내뱉듯이 말했다.

"이한 전하께서 그 말씀을 꺼내셨을 때 저희의 의견을 확실히 말씀드렸습니다만. 샤한은 번식력이 무척 강합니다. 샤한을 늘리면 언젠가는 부정 탄 양이 로타의 가축 대부분을 차지하게 될 겁니다."

젊은 씨족장 라한이 강한 어조로 말했다.

"니기리 님, 비록 부정 탄 양이라 해도 가축이 늘어나면 풍요로워집니다! 이대로 계속 가난한 북부라는 말을 들을 바에는, 우리 젊은이들은 이한 전하의 말씀대로 해야 한다고 생각합니다."

북부의 씨족장들 사이에서 격렬한 말싸움이 일었고, 그 모습을 남부 사람들이 냉소적으로 지켜보고 있는 것을 옥좌에 앉은 요사무가 어두운 표정으로 바라봤다.

자신의 욕망, 권력, 완고한 편견, 방자함을 그대로 드러내며 끝없이 토론을 이어가는 남자들을 보고 있으려니 이한은 화가 치밀었다.

형한테 호통을 쳐주라고 말하고 싶었다.

각 씨족의 대표 격인 로타 왕은 전통적으로 씨족장들의 의견을 존중해야만 한다. 형이 최후까지 토론에 응대해주리라는 것은 잘 알고 있었지만, 그래도 형의 심정을 생각하니 견딜 수가 없었다.

이 탁한 진흙탕을 단번에 흘려보낼 권력을 형이 갖고 있다면 좋을 텐데, 하고 이한은 생각했다. 현명한 형의 손에 절대적인 권력이 있으면 이 나라는 좀 더 좋아질 거라고.

※

그날 밤 이한은 형의 서재로 불려 갔다.

요사무 왕의 서재는 성의 소란스러움이 미치지 않는 한적한 곳에 있다. 이한이 들어가자, 요사무는 읽고 있던 책에서 눈을 들어 미소를 지었다.

호화로운 조각을 새긴, 사람 키 정도 되는 커다란 난로 앞에 의자를 놓고, 의자에 파묻힐 정도로 깊숙이 앉아 책을 읽고 있는 형. 그것은 이한이 어린 시절부터 익히 봐온 모습이었다.

하지만 눈을 든 형의 얼굴에는 어린 시절과는 달리 깊은 피로가 짙게 배어 있었다.

"형님, 피곤하시지요? 죄송합니다. 제가 괜히 샤한에 대해 부탁드린 탓에 회의가 길어져서⋯."

요사무가 고개를 저었다.

"회의에서 옥신각신하는 것은 늘 있는 일이다. 신경 쓰지 않아도 된다. 내가 피곤해 보인다면 염려스러운 이야기를 들은 탓일 게다."

"염려스러운 이야기라고요? 남부의 대영주들이 뭐라고 했나요?…"

"아니, 그것과는 다른 이야기다."

요사무가 동생에게 의자를 권하고, 옆에 있던 작은 탁자에서 한 손으로 술병을 들어 올려 동생의 잔에 따랐다.

"그 이야기라는 것은 신타단 감옥에서 일어난 수수께끼의 대학살에 대한 것이다."

"아, 스파루한테서 소식이 왔나요?"

"아니. 스파루가 보낸 소식이 아니다. …사람들의 목을 찢어발겨서 죽인 것의 정체가 과연 무엇인지 아직 확실히 모르지만, 로타 성교(聖敎)의 대사제가 타르쿠마다(음지의 사제)들한테서 염려스러운 이야기를 전해 들었다고 한다."

이한은 잠자코 형이 말을 잇기를 기다렸다.

"신타단 감옥에서 학살이 일어나기 얼마 전부터 하사루 마타르하마야(무시무시한 신이 흘러오는 강)가 흘러왔다는 것이다.

초능력자인 타르쿠마다들은 그 사실을 알아챘지만 틀림없는지 확인하고 나서 보고할 생각이었던 듯하다.

그러던 차에 신타단에서 그 사건이 일어나서 큰일 났다고 생각해, 황급히 로타 성교의 사제들에게 경고해 왔다고 한다."

"어떤 경고요?"

"…타르하마야가 이 세상에 출현했을지도 모른다는 경고다."

이한이 눈을 깜빡였다.

"타르하마야… 아파루신의 피에 굶주린 못된 자식 말인가요?"

까마득한 옛날에 사라진 신이 되살아났다는 말을 들어도 공포보다는 의심스러운 마음이 먼저 들게 된다. 요사무는 그런 동생에게 고개를 끄덕여 보였다.

"나도 처음 들었을 때는 너와 똑같이 생각했다. 하지만 그들의 이야기를 듣는 사이에 차츰 가볍게 넘길 일이 아니라고 생각하게 되었다."

요사무가 차분한 어조로 말을 시작했다.

"신타단 감옥 성벽에는 깊이 깎여 나간 이상한 자국이 나있었다. 단단한 돌벽이 마치 라(버터)를 깎아내듯이 싹둑 깎여 있었지.

살해당한 자들의 사체는 처형대에서부터 마치 거대한 낫

을 휘두른 것처럼 방사선 형태로 흩어져 있었다고 한다. 그리고 처형당한 자는 타르족 여자였다."

이한이 씁쓸해하는 얼굴로 고개를 끄덕이는 것을 보고 요사무가 말을 이었다.

"그 여자는 출입금지 구역인 사다 타르하마야의 묘소에 몰래 들어가 타르하마야를 자신의 몸으로 불러들이려 한 대죄를 범했다."

가슴 밑바닥에서 기분 나쁜 뭔가가 꿈틀거리기 시작해, 이한은 눈살을 찌푸렸다.

"이런 것들을 종합해서 생각해봐라.

첫째, 다른 세계로부터 무시무시한 신이 사는 강이 흘러왔다.

둘째, 사다 타르하마야의 묘소에 침입한 여자가 처형당했다.

셋째, 여자가 처형된 장소로부터 방사선 형태로 사체가 흩어져 있었다."

이한은 입을 약간 벌린 채로 형을 봤다.

요사무가 고개를 끄덕였다.

"그 여자가 정말로 타르하마야를 불러왔을지도 모른다. 믿을 수 없는 일이지만, 그렇게 생각하면 그 이해할 수 없는 학살에 대해서도 설명이 가능해진다."

납득할 만한 추론이기는 하다. 이한도 그렇게 생각했다. 하지만 그래도 여전히 실감은 안 났다.

요사무가 말했다.

"참살당한 자들의 목숨은 돌아오지 않지만, 타르쿠마다들이 과거의 서약을 지켜 카샤루(사냥개)에게 그 여자를 신속히 넘긴 것은 그나마 다행이었다.

실수가 있기는 했지만, 카샤루의 활약도 헛수고는 아니었다. 무시무시한 신은 이제 이쪽 세계로 나올 통로가 끊긴 셈이다. 출현을 단 한 차례로 끝낼 수 있었던 것이 그나마 다행이었다. 이제 두 번 다시 이런 일이 일어나게 해서는 안 된다."

그렇게 말하고 요사무는 복잡한 표정을 띠고 있는 동생의 눈을 응시했다.

"…아직도 실감이 안 나느냐?"

이한이 잠자코 고개를 끄덕였다. 요사무가 살짝 한숨을 쉬었다.

"그 정도로 우리 로타 왕족은 기억을 풍화시켜버린 것이다. 정사와 재정에만 온갖 신경을 쓰는 사이에…."

입술에 미소를 띠고 요사무가 말했다.

"카샤루와 타르쿠마다에게 감사해야 한다.

그들은 타르하마야가 케케묵은 전설이 되지 않도록 계속 노력해왔다. 그것이 얼마나 중요한 일이었는지를 나는 지금 절감하고 있다. …왕족으로서 오래된 서약을 계속 지켜나가도록 앞으로도 확실하게 자손들에게 전해주어야 한다."

왕족 사람들은 성인이 되면 몇 가지의 비밀서약을 하게 된다. 그중에서 초대 로타 왕 키란의 시대부터 이어져 내려온 서약이 있었다. 타르하마야에 관한 것은 카샤루에게 우선권을 주고, 로타 왕은 그들의 지시에 따른다는 것이었다.

카샤루는 특이한 민족이다.

커다란 강의 제방에 살며 밭을 일구고 민물고기를 잡으며 생활하는, 체구가 작고 온화한 사람들이다. 하지만 그 '강의 민족' 중에서 주술의 재능을 갖고 태어난 아이만은 일찍부터 단련을 받아, 이윽고 고향을 떠나 떠돌이생활을 하게 된다.

평민들은 이런 떠돌이를 단순한 주술사라고 생각한다. 악령에 씌거나 저주받은 자를 구하는 일을 하며 생활하는 자들로 생각하는 것이다. 사실 평소의 그들은 그렇게 살며, 부를 축적하지도 권력을 탐내지도 않는다.

하지만 초대 키란 왕의 직계 자손은 그들을 카샤루라고 부른다.

나라 안팎에서 일어나는 불온한 움직임을 누구보다도 빨

리 색출해내는 사냥개로서 의지하고, 또한 노유크라는 다른 세계에 관련된 일에 관해서는 그들에게 경의를 표하고, 그들의 의견에 따르라는 교육을 받으며 자랐다.

로타 성교의 사제들도 노유크에 관한 일은 전부 카샤루의 의견에 따라왔다.

다만 타르하마야가 공포에 의해 이 땅을 통치했다는 시대는 이미 머나먼 과거가 되었다.

이제까지 몇 번인가 하사루 마 타르하마야가 흘러왔지만, 그때마다 타르족은 서약을 지켜 실제로 타르하마야가 출현하는 일은 없었다.

그러다 보니 타르하마야에 대한 두려움도, 카샤루에 대한 경의도 차츰 별로 실감나지 않는 형식적인 것이 되었다.

오래된 전설의 중요성이 마침내 이한의 마음에도 스며들었다.

"일단 위험은 사라졌지만, 하사루 마 타르하마야가 이 땅으로 흘러왔다는 사실을 명심해야 한다."

요사무가 중얼거리듯이 말했다.

"노유크로부터 흘러오는 그 신비로운 강은 이 땅을 풍요롭게 한다고 한다. 우리에게는 희망이 담긴 신의 강이다.

하지만 타르족에게는 그보다도 더 중요한 의미를 갖는다.

처형당한 여자가 잔혹한 신의 부활을 바랐듯이, 신의 힘을 자신의 몸에 받아서 로타인을 쓰러뜨려 영광의 세월을 되돌리고자 하는 자가 또다시 나타날지도 모른다."

이한은 갑자기 심장을 쥐어뜯는 것 같은 공포를 느꼈다. 이 사태가 초래할지도 모르는 위기가 얼마나 심각한 것인지 문득 깨달은 것이다.

예전에는 격렬한 사랑에 빠져, 지금도 여전히 타르족 여인의 가녀린 모습을 가슴에 품고 있는 이한에게 공포는 상반되는 두 마음에서 비롯되었다. …나라를 염려하는 마음과, 타르족을 염려하는 마음이다.

"형님… 우리는 신중해야 합니다. 반역을 도모하지 않도록 타르족을 감시해야 하지만, 한편으로 이 소문이 백성들에게 퍼지면 타르족을 무차별적으로 학살하는 자가 나타날지도 모릅니다.

타르쿠마다들이 취한 행동을 보면 알 수 있듯이 대부분의 타르족은 공포의 신에게 매달려 영광을 돌이키고 싶어 하지 않습니다."

목소리를 높여 말하는 이한을 요사무가 제지시켰다.

"나를 설득할 필요는 없다. 잘 알고 있다. 그래서 대사제에게 부디 백성들한테 이 이야기가 새어 나가지 않도록 하라고 엄하게 일러두었다."

그렇게 말하고 요사무는 갑자기 손을 뻗더니 이한의 어깨에 얹었다.

"이한, 네가 타르족을 염려해 구호소를 설치하기도 하고, 사람들의 인식을 바꾸려고 노력하는 것을 나는 진심으로 높이 평가한다. 타르족 같은 이민족이 불행해지면 반드시 나라가 위태로워진다. 그들을 행복하게 해야 한다고 나도 생각한다.

하지만 이한. 내 동생이여. 우리 형제는 흔들리는 가느다란 실 위에 서 있다는 사실을 잊지 말아라. 타르족을 행복하게 함으로써, 로타 백성이 불만을 가지는 일이 있으면 실은 심하게 흔들린다.

실을 한쪽으로 흔들리게 해서는 안 된다. 우리는 손을 서로 마주잡고, 실에서 떨어지지 않도록 신중히 걸어가야 한다. … 알겠느냐?"

이한은 어깨에 놓인 형의 손에 자신의 손을 포개고서 깊숙이 고개를 끄덕였다.

2
꽃향기 나는 옷

바르사와 아스라가 사로가의 큰길에 있는 의류상가의 뒷문에 도착한 것은 해가 저물려고 하는 시각이었다.

뒷문이 활짝 열어젖혀 있어, 부드러운 황혼 빛으로 물든 뜰이 보였다. 소란스러운 큰길과는 딴판으로 여기는 무척 조용했지만, 뜰 건너편에 늘어선 저택에서는 사람이 열심히 일하고 있는 기척이 느껴졌다.

큰길에 면한 가게 건물도 기품 있고 멋졌지만, 건물 뒤쪽도 세월을 느끼게 하는 뒷문에 은은하게 새겨진, 행운을 부른다는 꽃 모양의 조각을 비롯해, 깔끔하게 손질된 정원수 등에서 이 집안이 유서 깊은 가문임이 느껴진다.

뒷문의 파수막에서 젊은 남자가 나타나 대문 밖에 서 있는 여자와 소녀를 수상쩍어하는 얼굴로 봤다. 여자는 세공품 재료로 쓸 법한 굵직한 대나무 다발을 오른쪽 어깨에 걸치고, 낡아빠진 배낭을 짊어지고서 깡마른 여자애의 손을 잡고 있었다. 언뜻 보면 대나무 세공품을 팔러 다니는 행상인 모녀처럼 보였지만, 여자와 소녀의 얼굴은 전혀 닮지 않았다.

"무슨 용건이신지요?"

문지기가 온화한 목소리로 물었다. 고압적이지 않은 그 태도에 이 집안에서 하인들을 어떻게 교육시키는지가 잘 드러났다.

"마사 사마도 씨는 댁에 계신지요?"

여자의 대답에 문지기가 의외라는 듯이 눈썹을 치켜올렸다.

"큰 마님께 용건이 있으신 건가요?"

"네. 뵐 수 있으면 기쁘겠습니다만. 저는 바르사라고 합니다."

문지기가 고개를 끄덕이고서 대문에 매달린 종을 울렸다. 곧바로 어디선가 열 살쯤 되어 보이는 소년이 달려왔다. 문지기에게 전언을 듣더니, 소년은 다시 재빨리 저택 쪽으로 달려갔다.

얼마 지나지 않아 저택의 뒷문이 열리고, 왜소한 체구의 사람이 나타났다. 뜰의 징검돌을 빠른 걸음으로 밟으며 왔다. 뒷문까지 오더니 그 사람은 바르사에게 미소를 지었다.

마사 사마도는 초로의 부인이었다. 등을 꼿꼿이 펴고, 은빛 머리카락을 꽉 묶었으며, 수수하지만 기품이 있는 옷을 입고 있었다.

"어머나, 바르사…."

미소를 지으며 무슨 말을 하려다가 마사는 갑자기 말을 멈췄다. 바르사의 얼굴에서 무엇을 봤는지 얼른 손을 뻗더니 감싸듯이 문 안으로 맞아들였다.

"인사나 얘기는 나중에 하기로 하죠. 이쪽으로 오세요. 아가씨도, 자, 염려 말고."

아스라는 처음 보는 요고인 저택에 정신이 팔려, 피로도 잊고 주위를 두리번거리면서 두 사람을 뒤따라갔다.

마사는 저택으로는 들어가지 않고 동쪽에 있는 별채로 두 사람을 안내했다. 손님용 건물인 듯, 인적이 없는 실내에는 거실과 침실, 그리고 자그마한 주방과 욕실, 변소가 있었다.

두 사람을 거실로 안내하더니, 마사는 바르사를 앉히고서 얼굴을 살펴봤다.

"…부상을 입은 것 같군요?"

바르사가 미소를 지었다. 화살 맞은 상처는 최대한 처치를 하고 지혈을 했으며 옷도 갈아입었으니까 언뜻 봐서는 모를 터인데도 마사는 알아차린 것 같았다.

마사는 옛날부터 예리한 사람이었다. 세세한 부분까지 신경이 미치고 판단도 빨랐다. 이 사람이 있었기에, 이 집안이 번성해온 거라고 바르사는 생각했다.

"마사 씨 눈은 속일 수가 없군요. 조금 부상을 입었습니다."

"보여주세요."

바르사가 고개를 저었다.

"아닙니다. 여기 오래 머물 생각은 없습니다. 쫓기고 있어서 폐를 끼치게 됩니다. 이렇게 찾아뵌 것은 남의 눈에 띄지 않고 갈아입을 옷을 사고 싶었기 때문으로…."

마사는 초조한 듯이 손을 흔들어 바르사의 말을 가로막았다.

"쫓기고 있다면 더더욱 우선 처치를 하고 뭐 좀 먹고 쉬어야 해요. 바르사는 괜찮더라도 이 아이를 봐요. 안색이 얼마나 나쁜지!"

마사는 말도 안 된다는 얼굴로 혀를 차더니 일어섰다.

"자, 나한테 맡기세요."

"아니, 저, 마사…."

말을 하려는 바르사를 마사가 노려봤다.

"여러 말 하지 마세요. 토우노의 목숨을 구해준 은혜를 갚을 이렇게 좋은 기회를 내가 놓칠 리가 없죠! 포기하고 잠시 거기서 쉬고 계세요."

그렇게 딱 잘라 말하고는 마사는 곧바로 가버렸다.

요고어를 모르는 아스라에게는 뭐가 뭔지 도통 알 수가 없었다. 바르사는 벽에 기대더니 어리둥절해하고 있는 아스라에게 로타어로 말했다.

"옛날에 양아버지 지그로와 둘이서 여기서 호위무사를 한 적이 있어.

그때 그녀의 아들 토우노가 나쁜 녀석들과 싸움을 해서 목숨이 위태로울 뻔했지."

"…그 사람을 구했어?"

바르사가 살짝 어깨를 으쓱했다.

"지그로와 둘이서, 토우노가 휘말린 싸움을 해결해주었지. 토우노는 그 당시 열일곱이나 열여덟 정도였을 거야. 혈기 왕성한 젊은이였는데, 지금은 사로가에서도 이름이 알려진 훌륭한 상인이 되었어.

호위무사로서 당연히 해야 할 일이었는데도, 마사 씨는 지금도 고마워하고 있지."

바르사는 살짝 미소를 지었다. 그리고 속삭였다.

"솔직히 말하면, 도와주지 않을까 하고 마음 한편으로는 기대했었어. 폐를 끼치고 싶지 않지만 지금은 어쩔 도리가 없으니까. 아마도 마사 씨도 알고 있겠지만."

아스라는 그때야 비로소 마사가 바르사의 얼굴에서 뭘 봤는지를 알아차렸다. 표정은 평온했지만 안색이 나빴다. 바르사는 아무 말도 하지 않았지만, 바로 며칠 전에 옆구리에 부상을 입은 채로 산속을 아스라를 업고 도망쳐 왔다. 게다가 화살을 맞았다. 안 지쳤을 리가 없다.

바르사는 대나무 다발 속에서 단창을 꺼내 손 닿는 곳에 두었다. 그리고 벽에 기대더니 눈을 감고 나지막이 말했다.

"게다가 마사 씨는 무척 머리가 좋아. 불똥이 튀어도 허둥대지 않고 냉정하게 털어버릴 수 있는 사람이니까…."

거기까지 말하고는 바르사가 조용해졌다.

기절했나 싶어 아스라는 불안해졌지만, 이윽고 바르사의 약한 숨소리가 들려왔다.

둥근 창문으로 석양이 들이쳐, 방은 벌꿀 빛깔의 한가로운 정적에 휩싸여 있었다.

자고 있는 바르사의 얼굴에 창틀에 새겨진 무늬가 드리워졌다. 아스라는 처음으로 찬찬히 바르사의 얼굴을 바라봤다.

이상했다. …이 사람은 불과 며칠 전까지만 해도 전혀 모르는 사람이었다.

'이 사람은 왜 나를 도와주는 걸까? 아무 관계도 없는 사람인데…'

살짝 입을 벌리고 자는 바르사의 입술은 말라 있었고 뺨에는 핏기가 없었다. 어깨 상처에 댄 헝겊이 옷 속에서 부풀어 오른 것이 보였다. 마치 넝마 조각처럼 너덜너덜해진 모습이었다.

문득 햇볕에 바싹 마른 풀 같은 바르사의 냄새를 느낀 순간, 요 며칠 밤을 자신을 안아서 재워주던 온기가 살갗에 되살아났다. 순간, 가슴에서 뭔가가 솟구치며 목구멍이 뜨거워졌다. 아스라는 입술을 꽉 다물고 얼굴을 일그러뜨렸다.

고맙다는 말을 하고 싶었다. …하지만 바르사가 눈을 뜨면 틀림없이 제대로 말을 못 할 것이다.

크게 숨을 들이쉬었을 때, 문득 방 한구석에 놓여 있는 짐이 눈에 들어왔다. 아스라는 일어서서 가능한 한 소리 내지 않도록 조심하면서, 짐을 풀어 바르사가 침구 대신으로 쓰던 기름종이를 꺼냈다.

기름종이를 만지자 아무리 조심해도 바스락거리는 소리가 나고 말았다. 바르사가 깨지 않을까 염려했지만, 무척 피곤했는지 바르사의 숨소리는 여전히 고요했다.

아스라는 바르사의 몸에 가만히 기름종이를 덮어줬다. 춥지 않도록 어깨까지 덮었다.

그러고는 자신도 바르사의 무릎에 머리를 대고서 누웠다. 뺨에 닿은 바르사의 무릎이 부드러워 기분 좋았다. 눈을 감자 곧바로 아스라는 잠에 빠져들어갔다.

아스라는 꿈에서 엄마를 봤다. 엄마는 꿈에서 다정하게 머리를 쓰다듬어주며, 화로 앞에서 얘기를 해주고 있었다. 따뜻하고 기분 좋은 냄새가 나는 엄마의 손….

'…아아, 예전의 엄마다.'

다정했을 때의 엄마.

언제까지고 그런 엄마의 손을 느끼고 싶었는데, 왠지 꿈은 빠르게 장면을 바꿔갔다.

생각에 잠긴 얼굴로 화롯불을 응시하고 있는 엄마. 그리고….

아스라는 신음하며 다른 꿈을 꾸려고 했다. 하지만 그다음에 나타난 것은 가장 돌이키고 싶은 않은 기억이었다.

흔들리는 횃불. 어둠 속에서 톡톡 튀어 오르는 불똥.

손이 몇 개나 뻗어 와서 엄마의 팔을 붙잡는다. 땀 냄새. 절규하는 엄마의 목소리.

난폭하게 아스라의 등을 떠미는 손…. 꽉 붙잡혀 아무리 애를 써도 엄마한테 갈 수가 없다. 굵은 팔 사이로 보이는 절망으로 일그러진 엄마의 얼굴….

"…타르하마야여! 제발 도와주시기를….."

몸을 비틀며 점점 퍼져가는 듯한 끔찍한 통증과 하늘로 뚫고 나가는 듯한 통쾌함….

갑자기 주위가 조용해지며 달빛만 유난히 밝게 비친다.

팔을 붙잡는 오빠의 땀에 젖은 손. 떨리는 목소리.

"아, 아스라, 아스라… 무슨 짓을…."

바람이 피 냄새를 몰고 왔다. 그 냄새를 맡은 순간, 빠른 속도로 몰려오는 소나기구름처럼 기분 나쁜 뭔가가 가슴에 밀려왔다.

아스라는 눈을 꽉 감고 귀를 막고는, 오빠의 목소리를 듣지 않으려 했다.

"내가 아니야. 오빠, 아니야, 내가 아니라고."

아스라가 소리쳤다. 왜 오빠는 알아주지 않는 걸까?

엄마 목소리가 들렸다.

'너는 보이지?

아아, 얼마나 멋지냐! 너는 타르하마야의 선택을 받았다!

이제 모든 것이 변할 거다. 타르하마야가 몸에 깃들면, 우리에게는 이제 두려울 것이 아무것도 없다. …로타인 따위는 쓰레기나 마찬가지야!'

"자, 들어봐. 오빠, 들었어? 엄마도 이렇게 말하잖아?

그 사람들은 나쁜 사람들이었어. 누구든 죽이고 싶어 했을 거야!"

아스라는 필사적으로 열을 올리며 말했다.

"그 사람들은 쓰레기나 마찬가지니까 죽어도 괜찮아. 타르하마야가 벌을 준 거야!

왜 모르는 거야? 나는 잘못하지 않았어. 그렇지 않다면 왜 타르하마야가 나를 선택했겠어?"

반복해서 설명해도 치키사는 아무래도 알아주지 않았다. 희끄무레한 달빛을 받은 치키사는 슬퍼 보이는 얼굴로 고개를 흔들 따름이었다.

허우적거리듯이 고개를 흔들며 아스라는 깨어났다.

잠시 자신이 어디 있는지 몰랐지만, 처음 보는 남자를 데리고서 마사가 방으로 들어오는 것을 본 순간, 자신이 사로가의 저택에 있다는 사실을 떠올렸다.

어느 틈엔가 등잔불이 켜 있었고 창밖은 어두워져 있었다. 몸에는 따뜻한 담요가 덮여 있었다.

마사는 같이 온 남자를 바르사에게 소개하더니 곧바로 방을 나갔다.

그 남자가 바르사 옆에 앉았다. 바르사가 왼쪽 어깨를 보여주자 능숙한 손놀림으로 화살에 맞은 상처를 보기 시작했다. 의술가인 듯했다.

아스라가 몸을 꿈틀거린 것을 알아차리고 바르사가 아스라 쪽으로 고개를 돌렸다.

그때 의술가가 상처 부위를 눌러 바르사는 순간 얼굴을 찡그렸다.

덩달아 아스라도 얼굴을 찡그렸다.

바르사가 웃음을 터뜨렸다.

"너까지 그런 표정 짓지 않아도 돼."

"…아파 보이는 걸 어떡해."

아스라가 가녀린 목소리로 말하자, 바르사의 얼굴에 다정한 미소가 번졌다.

"괜찮아. 익숙하니까. 푹 자서 기분도 무척 좋아졌다. 기름종이 고마웠다."

아스라는 얼굴이 빨개지며 눈을 내리깔았다.

문이 활짝 열리는 소리가 나고, 마사가 흰 천을 덮은 들통을 들고서 방으로 들어왔다. 들통을 의술가 옆에 두더니, 마사는 아스라에게 고개를 돌려 상냥한 미소를 띠고 뭐라고 말을 걸어왔다.

뭐라고 하는 건지 몰라 잠자코 있자, 바르사가 로타어로 마사에게 그 아이는 요고어를 모른다고 말해주었다.

"어머나, 그랬구나. 미안하다."

마사가 꽤 유창한 로타어로 말했다.

"로타 애인 줄 몰랐네."

로타 사람이 아니라고 말하고 싶었지만 아스라는 잠자코 있었다. 타르족임을 알았을 때, 이 사람의 얼굴이 일그러지는 것을 보고 싶지 않았기 때문이다. 오빠는 요고인은 타르족을 잘 몰라 경멸하지 않는다고 했지만, 시험해볼 마음은 들지 않았다.

마사는 그 침묵을 신경 쓰는 것 같지도 않고 시원시원한 어조로 말했다.

"이제 곧 저녁 먹을 시간이다. 그 전에 목욕하고 와라. 바르사가 치료받는 동안 여기 없는 편이 나을 거다. 알겠지?"

아스라가 눈을 들어 고개를 끄덕였다. 마사가 내민 손을 아스라는 잠시 바라보다가 쭈뼛쭈뼛 손을 뻗어 잡았다.

마사는 의외의 힘으로 아스라를 벌떡 일으켜주었다. 그리고 손을 잡은 채로 욕실로 데려가 요고식 욕실 사용법을 자세히 설명해주었다.

"알겠지? 혼자서 할 수 있겠지?"

아스라가 고개를 끄덕이자 마사가 빙긋이 웃었다. 그러고 나서 문득 치수를 재는 듯한 눈으로 아스라의 몸을 바라봤다.

"너 몇 살이지?"

"…열두 살이에요."

"어머, 그렇구나. 내 손녀하고 동갑이네. 그 아이보다 키는 크지만 훨씬 말랐구나. 갈아입을 옷을 준비해둘 테니까, 벗은 옷은 이 바구니에 넣어두어라."

그런 말을 남기고서 마사는 욕실에서 나가버렸다.

마치 작은 새 같은 사람이라고 생각했다. 작은 체구로 빠릿빠릿하게 움직인다.

발소리가 들리지 않을 때까지 기다렸다가 아스라는 옷을 벗었다.

아스라는 조심스럽게 욕실 바닥으로 내려섰다. 매끄러운 작은 돌이 빈틈없이 메워져 있는 차가운 바닥이었다. 옆에 홈이 있어 그 홈으로 물이 밖으로 흘러나가는 것 같았다.

욕조는 커다란 항아리처럼 보였다. 가르쳐준 대로 나무통을 집어 욕조에서 뜨거운 물을 퍼서 어깨에서부터 천천히 뿌렸다.

따뜻한 물이 몸을 흘러가는 느낌은 참으로 묘했다. 아스라는 요고식 목욕만이 아니라 뜨거운 물로 하는 목욕 자체가 처음이었다. 타르족은 맑은 시냇물로 몸을 정화시킨다. 뜨거운 물에 들어가는 습관은 없었다.

자그마한 사기그릇에 모래 같은 가루가 들어 있었다. 그것을 손으로 집어서 몸에 문지르자, 부드럽게 녹으며 거품이 일기 시작했다.

'와, 냄새 좋다!'

꽃향기 같은 냄새가 났다. 아스라는 기분이 좋아져서 온몸을 구석구석까지 깨끗이 씻었다.

그런 다음 뜨거운 물로 다시 한 번 몸을 헹궜다. 뜨거운 물을 뿌리면 몸이 뜨거워지는 것 같으면서도 금세 차갑게 식어버린다.

조심스럽게 욕조에 몸을 담그자, 처음에는 엄청나게 뜨거운 느낌이 들었다. 발가락 끝까지 찌르르 하는 통증이 느껴졌다. 그리고 가슴이 답답한 느낌이 들었다.

하지만 참으며 어깨까지 담그고 얼마 지나자… 뭐라고 표현할 수 없을 정도로 기분이 좋아졌다. 살갗을 살얼음처럼 뒤덮고 있던 긴장이 서서히 녹으며, 온몸의 힘이 빠져나가는 것 같았다. 아스라는 무릎을 안고서 수증기 너머로 보이는 천장의 문양을 바라봤다.

이때 뭔가가 몸으로 돌아온 것 같은 느낌이 들었다. 그 끔찍한 일이 일어나기 전에 평범한 생활을 하던 시절의 느낌이 되돌아온 것이다.

'참 신기하네….'

아스라는 멍하니 그런 생각을 했다. 격류와도 같은 운명에 떠밀려 엄청난 속도로 모든 것이 변해버렸다.

'요고인 집에서 욕조에 몸을 담그고 있다니.'

예전의 자신에게 이런 미래가 올 거라고 했다면 과연 믿을 수 있었을까?

바람 부는 소리가 나며 창틈으로 바람이 들어오자 수증기 가 이리저리 춤췄다.

'오빠는 어떻게 지낼까?'

가슴속이 아파 오며 콧속이 뜨거워졌다. …지금 당장 만나 고 싶다.

신령님에게 빌면 구해줄 텐데도, 치키사를 구하러 가지 않 는 자신을 아스라는 마음속으로 자책했다.

하지만 치키사의 상처를 보고 난 순간부터 아스라는 신령님이 무서워졌다. 비록 자신들이 살기 위해서라도 신령님에게 의지해 사람을 죽이는 것은… 싫었다.

게다가 사람을 죽여달라고 부탁하면 신령님을 믿는 깨끗한 마음이 더럽혀질 것만 같았다.

하지만 신령님을 불러오는 능력을 쓰지 않으면 아스라는 그저 열두 살의 소녀에 불과하다. 아무것도 못 한 채로 운명이 자신들을 이리저리 굴리는 것을 보고 있을 수밖에 없다. 힘없는 아이에 불과하다.

'사람을 죽이지 않고, 아무도 다치게 하지 않고 살아갈 수 있는 방법은 없을까?'

스파루라는 주술사는 아스라가 재앙을 초래할 것을 두려워해서 죽이려 한다고 한다. 상대는 로타인이다. 아스라가 재앙을 초래하지 않겠다고 맹세해도 믿어주지 않을 것이다.

게다가 엄마가 바라던 것을 이룬다면… 아스라는 확실히 로타인에게는 엄청난 재앙의 불씨가 된다.

아스라는 살짝 고개를 저었다. 아무리 엄마의 소원이라도 그런 엄청나고 무시무시한 일이 자신에게 가능할 리가 없다고 생각했다. 그런 일은 하고 싶지 않았다.

'나는 아무도 죽이고 싶지 않은데….'

눈에 눈물이 고였다. 어쩌다 이렇게 되었을까?

예전에 집 뒤쪽에 있는 숲에서 땔감을 줍고 있는데 갑자기 눈보라가 친 적이 있다. 살을 에는 듯한 돌풍 때문에 눈도 못 뜨고, 바로 옆에 집이 있을 텐데도 방향을 가늠할 수가 없었다. 숨을 쉴 수 없을 정도로 강한 바람에 몸을 가누지 못해, 뭘 어떻게 해야 좋을지 전혀 모르는 채로 그냥 무턱대고 걸었다. 그때의 엄청난 불안감과 지금의 이 감정이 매우 비슷했다.

그때는 아버지가 아스라를 발견해, 강력한 손으로 이끌어 돌아가주었다. 그 강력한 손의 감촉을 떠올렸을 때, 문득 바르사의 모습이 마음속에 떠올랐다.

바르사는 참으로 이상한 사람이다. 아무 관계도 없는 자신을 마치 당연한 듯이 도와주고 있다.

게다가 아버지처럼 많은 것을 잘 안다. 다쳐도 법석을 피우지도 않는다.

가도로 나가기 전에 바르사는 시냇물로 상처를 씻고 피로 얼룩진 옷을 갈아입었는데, 아스라는 그 상처를 보고 소리를 지를 뻔했다. 그런 상처를 입었는데 어떻게 참고 있을 수 있을까? 아까 익숙하니까 괜찮다고 말했지만, 아무리 익숙하더라도 무척 아플 텐데.

하지만 바르사는 상처의 치료를 마치자, 대나무 숲으로 들어가 오른손만으로 손도끼를 휘둘러 대나무를 베어 단창을 대나무 다발 속에 숨겼다.

바르사는 별로 말이 없지만 잠자코 옆에서 걷고 있어도 거북하지 않다.

가족도 아닌데 왜 자신을 도와주는 걸까. 그 이유를 물어볼 용기는 없었다. 앞으로의 일을 생각할 용기도, 과거에 일어난 일을 돌이켜볼 용기도 없다.

아스라는 목에 손을 갖다 댔다. …신령님 생각을 하는 것도 무서웠다.

미래에도 과거에도 캄캄한 어둠이 펼쳐져 있는 느낌이 들었다. 생각하고 싶지 않았다. 따뜻한 물속에 몸을 담그고 있는, 기분 좋은 '지금' 이 순간만을 끌어안고 있고 싶었다.

"…잠깐 들어가도 되겠니?"

마사의 목소리가 들려왔기에 아스라는 흠칫 놀랐다.

"네."

목에 뭐가 걸린 듯한 목소리로 대답하자, 문이 열리고 마사가 옷을 안고서 들어왔다.

"몸을 이 천으로 닦으면, 이 옷을 입고 바르사가 있는 방으로 돌아와라. 이제 곧 저녁이 준비될 테니까."

탈의실에 갈아입을 옷을 두고서 나가려는 마사에게 아스라가 황급히 말을 걸었다.

"저… 저기."

마사가 돌아봤다.

"고맙습니다."

마사가 눈썹을 치켜올리며 미소 지었다.

"무슨 그런 말을."

마사가 탈의실에서 나가는 것을 지켜보고 나서, 아스라는 욕조에서 나와 부드러운 천으로 몸을 닦았다. 마사가 놓고 간 옷을 손에 들고서 아스라는 눈이 휘둥그레졌다. 그것은 마치 봄에 들판에 피는 사라유 같은 옅은 주홍색 옷이었다. 가슴에서 옷깃을 여며 장식용 허리띠를 두르는 요고식 옷으로, 걸쳐보니 구름을 걸친 것처럼 가벼운데도 따뜻했다.

옷에서는 향긋한 냄새가 났다.

'꽃잎을 넣어서 짠 걸까?'

아스라는 기분 좋은 향기를 걸치고 욕실을 나왔다. 복도를 거쳐 바르사가 있는 거실로 들어가니, 바르사와 마사밖에 없었다. 의술가는 돌아간 것 같았다.

눈을 들어 아스라를 본 순간, 바르사의 얼굴에 놀라는 빛이 떠올랐다.

"아니, 이게 누구야."

바르사의 놀란 얼굴을 보고 마사가 만족스러운 듯이 말했다.

"딱 맞죠? 키도, 색깔도. 원래 콧날이 오똑하고 눈이 큰, 예쁜 아가씨인걸요. 이제 머리를 매만지고 뺨에 혈색이 돌아와 봐요. 꽃이 핀 것처럼 될 거예요."

그렇게 말하고서 마사가 덧붙였다.

"여하튼 먹어라. 많이 먹고 자신의 몸을 제대로 꾸미는 법을 배워야지. 그렇게 하면 길 가는 남자들이 돌아보는 그런 아가씨가 될 수 있다."

둘의 시선을 받아 아스라는 새빨개졌다. 마음이 후끈해질 정도로 기뻤다.

"…이 옷에서 향긋한 냄새가 나요."

아스라가 작은 소리로 말했다.

"천을 짤 때 꽃을 섞었나요?"

마사의 눈에 미소가 번졌다.

"꽃을 섞어 짠 천이라! 좋은 표현인데. 그 옷의 천은 슈라무라는 향나무에서 뽑아낸 향을 섞어 짠 것이야. 향이 좋고 벌레를 막아주지. 이미 30여 년 전에 내가 생각해낸 것이야. 우리 사마도 의상점의 인기상품이다. 그 옷이 마음에 든다면 너한테 주지. 그걸 보며 나를 떠올리도록."

아스라의 얼굴이 반짝였다.

"…고맙습니다. 소중히 간직하겠습니다."

아스라의 표정이 밝고 부드러워, 이제까지와는 다른 사람처럼 보였다.

'마사 씨는 참 대단해.'

바르사는 마음속으로 한숨을 쉬었다. 목욕을 해서 깔끔해지고 아름다운 옷으로 갈아입기만 해도 여자아이는 이토록 밝아질 수 있다. …이런 데는 자신은 도저히 생각이 미치지 않는다.

그러고 보니 예전에 마사한테 옷을 받은 적이 있다. 가을 하늘 같은 옅은 청색 옷감에 가느다란 금실로 섬세한 자수를 놓은, 화려하지만 기품 있는 옷이었다. '언젠가 이런 옷을 입을 기회가 있을지도 모르죠?' 하고 마사는 말했지만, 결국 한 번도 걸쳐보지도 못하고 탄다네 집에 있는 궤짝 안에 넣어둔 채로 있다.

곧바로 저녁 식사가 도착했다. 요리를 가져온 사람은 나이가 꽤 많은 여자였다. 오랫동안 이 집에서 일해온 여자로, 바르사도 아는 사람이었다.

그녀는 바르사에게 인사하고, 잘 지냈느냐는 둥 한두 마디

하고는 오래 머무르지 않고 물러갔다.

"당신이 여기 있다는 것은 내가 진심으로 신뢰하는 사람만 알 수 있게 해두었으니 걱정 마세요. 뒷문을 지키는 문지기랑 심부름하는 아이에게도 단단히 일러두었어요."

그렇게 말한 마사에게 바르사가 고개를 숙였다.

"대단히 고맙습니다."

마사는 무슨 말이냐는 듯이 손을 젓고는, 아스라에게 요리에 대해 설명하기 시작했다.

"이건 말이다, 향료를 넣은 양념장에 산새를 하룻밤 담가둔 다음 숯불에 구운 것이다. 이 파채와 함께 먹어봐라."

사로가는 로타 왕국과 산갈 왕국 사이의 교역로가 교차하는 마을이다. 요고에서는 못 만드는 향신료나 과일 등도 구할 수 있다. 오히려 도읍보다도 신선한 것이 있을 정도다.

마사가 권한 산새 숯불구이는 껍질이 바삭하고 향긋했으며, 그 안에 든 기름이 달콤해 무척 맛있었다. 한 입 베어 문 순간 갑자기 배가 엄청 고파 왔다. 아스라는 잠시 요리를 먹느라 정신이 없었다.

바르사와 마사는 로타어로 이야기하면서 천천히 식사를 했다. 쫓기고 있는 것을 잠시 잊을 정도로 평온하게 밤이 지나갔다.

사마도 의상점은 옷이나 장신구를 팔 뿐만 아니라, 넓은 부지 안에 옷감이나 장식품을 직접 만드는 작업장도 있었다.

마사는 한시도 손을 놓고 있을 수 없는 성격인 듯, 다음 날 아침에도 바르사 일행이 묵고 있는 별채에 옷의 본을 그린 책자랑 자그마한 작업도구를 갖고 와, 자수 같은 것을 하면서 바르사나 아스라와 얘기를 나눴다.

다양한 옷의 본을 그린 책자를 아스라가 흥미롭게 보고 있자 마사가 물었다.

"넌 어떤 옷을 좋아하니?"

아스라는 빠져들듯이 옷 그림을 응시하더니, 그중 하나를 손가락으로 가리켰다.

"그게 좋아? 왜지?"

아스라가 조심스럽게 대답했다.

"…이 옷은 옷깃과 어깨 부분에 여유가 있어서 걸쳤을 때 기분 좋을 것 같아요. 허리띠를 이런 식으로 매면 산뜻해 보이기도 하고."

마사가 고개를 끄덕였다.

"너는 나하고 취향이 비슷하구나. 나도 좋아하는 옷이다."

그렇게 말하는 동안에도 바늘을 쥔 마사의 손가락은 헝겊 위를 날듯이 움직이고 있었다. 아스라는 그 움직임에 눈이 팔려 있었다.

바르사는 가능한 한 빨리 출발하려고 했지만, 마사는 상처
가 나을 때까지 기다려야 한다며 허락하지 않았다.

"장사를 할 때도 성급히 움직여서 제대로 된 예가 없어요.
부상을 당했을 때는 쉬라는 신호라고 생각하고, 그 시간을
차분히 생각하는 데 써야 해요.

바르사 씨는 호위를 원하는 대상(隊商)을 찾는다고 했죠?
지금 토우노가 타치야 씨에게 연락을 취하고 있어요. 조만간
어떤 대상이 어디로 가는지, 어떤 사람들이 호위를 필요로
하는지 조사해서 알려줄 거예요."

해가 드는 창가에서 자수를 놓고 있는 마사를 바라보면서
바르사는 그녀 말이 옳다고 생각했다. 지금은 상처를 치유하
면서 차분히 생각해 계획을 다시 세울 때다.

단지 도망치기만 하면 된다면 방법은 얼마든지 있다. 그러
나 그래서는 탄다와 치키사를 구할 수가 없다.

스파루 일당은 왜 아스라를 죽이려 드는 걸까?

비록 아스라가 눈에 보이지 않는 엄니 같은 것을 조종하는
힘을 갖고 있다고 해도, 그것이 반드시 스파루 일당에게 해
를 끼치라는 법은 없지 않은가?

아스라는 쉽사리 마음을 터놓지 않는 내성적인 성격의 소

녀지만, 바르사 자신의 소녀 시절에 비하면 훨씬 온화한 아이다. 사람을 배려하고, 가능하면 상처를 주지 않으려고 하는 다정한 마음을 갖고 있다. 오빠를 구하기 위해 그 힘을 이용해 스파루 일당에게 맞서겠다는 말도 꺼내지 않는다.

가령 격류에 휩쓸리면 바르사는 필사적으로 흐름을 거스르며 헤엄치려고 하는 성격이지만, 아스라는 손과 발을 잔뜩 움츠리고 몸을 웅크려 흐름을 거스르지 않고 떠내려갈 것 같은 성격이다. 자진해서 스파루가 두려워하는 그런 재앙의 씨앗이 될 아이는 아니라고 생각한다. 오빠와 함께라면 요고에서 평온하게 살아가지 않을까?

"아스라…."

바르사가 부르자 아스라가 얼굴을 들었다. 얼굴에 살짝 긴장한 빛이 떠올랐다.

"요고에서 사는 건 어떻게 생각하니? 익숙지 않은 생활이겠지만."

아스라의 얼굴에서 긴장이 사라지고 부드러운 미소가 떠올랐다.

"…여긴 참 좋아. 마사 씨도, 옷도, 요리도, 욕실도. 의자가 없고 바닥에 앉는 것에는 놀랐지만. 그리고 바닥에서 자는 것도. 하지만 따뜻하고…."

띄엄띄엄 천천히 말하고 나서 아스라는 결심한 듯이 덧붙였다.

"로타에 있을 때는 이런 생활이 있다는 걸 몰랐어. 오빠가 여기 있다면 아마 여긴 최고라고 말할 거야."

"그럼 오빠와 함께라면 요고에서 살아도 괜찮다고 생각하니? 로타로 돌아가지 않고?"

아스라가 고개를 끄덕였다. 그리고 잠시 생각한 다음에 털어놓듯이 말했다.

"…있잖아, 전에 오빠하고 얘기를 나눈 적이 있었어. 웃지 않았으면 좋겠어."

바르사가 고개를 끄덕였다. 아스라는 속삭이는 듯한 작은 소리로 말했다.

"그 여인숙에서 오빠가 말했어. 탄다 씨는 좋은 사람이라고. 타르족을 싫어하지 않으며 다정하다고. 그 사람이 제자로 삼아줘서 나하고 함께 살아갈 수 있도록 보살펴준다면, 오빠는 어른의 갑절은 일할 거라고 했어. 그리고 어른이 되면 은혜를 갑절로 갚겠다고. …밑져봤자 본전이니까 탄다 씨한테 그렇게 말해보겠다고 했었지."

뜻밖의 이야기에 바르사는 깜짝 놀라서 아무 말도 못 하고 아스라를 쳐다보고 있었다.

"우… 우리는 이제 가족도 없고, 로타로 돌아가면 살해당할지도 몰라. 하지만 돈도 없고, 아직 어린애인데 요고에서 어떻게…."

아스라의 목소리가 떨리기 시작했다.

"살아가면 좋을지 몰랐기… 때문에."

바르사가 손을 뻗어서 아스라의 머리를 만졌다. 순간 아스라는 둑이 터진 것처럼 울기 시작했다. 바르사의 무릎에 얼굴을 파묻고 소리를 죽이고서 울었다.

"탄다는 좋은 녀석이지만 별로 잘살지는 못한다. 마사 씨랑 토우노 씨와 달리 돈벌이하고는 전혀 인연이 없는 남자라서, 그런 남자의 제자가 되었다가는 맛있는 것도 못 먹을 거야."

바르사는 농담처럼 말했지만 아스라는 하염없이 울기만 했다.

마사와 눈이 마주쳤다. 깊은 걱정이 담긴 눈이었다. 어떻게 할 거냐고 그 눈이 물어 오는 것 같았다. 그 아이를 키울 생각이냐고.

아스라는 아무 관계도 없는 타인이다. 지켜야 할 도리도 없다. …하지만 좋고 싫고를 떠나 이것 외에 다른 선택의 여지가 없는 경우도 있다.

그때 자신은 아스라 오누이를 내버려둘 수가 없었다. 손을 뻗어버린 이상, 이 아이가 평범한 생활을 할 수 있게 될 때까지 손을 뗄 생각은 없다.

자고 있는 자신에게 기름종이를 덮어준 아스라의 마음을 생각하면 마음이 짠해진다.

바르사는 살짝 쓴웃음을 지으며 마사를 쳐다봤다.

"…이것도 인연이라는 것이겠지요. 탄다와 이 아이의 오빠를 구할 방법이 떠오를 때까지 대상의 호위 일을 해 돈을 벌면서 움직이는 수밖에 없겠어요. 저에게는 익숙한 생활이기도 하고요."

그렇게 살다 보면 이 아이는 좀 더 마음을 열어줄까? 따뜻한 머리를 쓰다듬으며 바르사는 생각했다. 스파루의 의중을 알기 위해서는 신타단 감옥에서 무슨 일이 있었는지를 알아야만 한다. 이 아이가 어떤 위험요소를 몸 안에 품고 있는지를 모르고서는 아무 계획도 세울 수가 없다.

하지만 그것을 무리하게 물을 생각은 없었다. 스파루의 이야기가 사실이라면, 이 아이는 많은 사람들을 죽였다. 섣불리 캐내려고 했다가 돌이킬 수 없는 일이 될 것 같은 예감이 들었다.

함께 지낸 시간은 짧았지만, 그래도 이 아이가 사람을 죽이고 태평하게 있을 수 있는 그런 아이가 아닌 것은 알 수 있었다. …그렇다면 뭔가 있는 것이다. 사람을 죽이면서도 그것을 자신이 지은 죄로 느끼지 않아도 되는 뭔가가.

그것이 하나의 열쇠가 될 것 같았다. 그것을 알면 스파루와 어떤 식으로 거래를 하면 좋을지 알 수 있을 것이다.

탄다 생각을 하면 가슴이 타들어가는 듯한 심정이 된다. 한 시라도 빨리 자유롭게 해주고 싶다. …그 태평스러운 미소를 보고 싶다.

하지만 탄다라면 '나를 위해 서두르지 마라. 그리고 신중하게 네 방식대로 일을 처리해라'라고 말할 것이다. 그런 탄다의 목소리가 들려오는 것만 같았다.

호위할 대상을 찾아 앞으로의 행선지가 결정되면, 여기서부터 탄다의 사부인 대주술사 토로가이에게, 무슨 일이 일어났는지를 알리는 서한을 보내자. 어쩌면 바르사는 생각도 못할 방법을 생각해내고 응원하러 와줄지도 모른다.

하지만 그것은 실낱같은 희망에 불과했다. 여기서부터 서한을 보내도 청무산맥 속에 있는 토로가이가 받아보려면 열흘 이상 걸리고, 방랑벽이 있는 토로가이라서 집에 있으리라는 법도 없다. 그녀의 도움은 기대도 하지 말고 자력으로 가능한 일을 해야만 한다.

잠시 후에 아스라가 울음을 멈추고 얼굴을 들고는 창피한 듯이 세수를 하러 가려고 일어섰을 때 발소리가 들려왔다.

"바르사 씨, 토우노입니다. 들어가겠습니다."

굵은 목소리가 나고 서른 살 정도의 남자가 문을 열고 들어왔다. 키는 별로 크지 않지만, 어깨가 넓은 탓인지 아니면 반짝이는 눈 탓인지 사람을 압도하는 듯한 관록이 느껴졌다.

바르사가 일어서서 이 집안의 주인을 맞이했다.

"오랜만이에요. 깜짝 놀랐어요. 관록이 붙었네요."

바르사가 그렇게 말하자 토우노가 웃었다.

"살쪘죠? 나쁜 짓을 하던 때는 대나무처럼 가늘었는데 말이죠. 바르사 씨는 별로 안 변했는데요. 벌써 5년쯤 되었나요? 마지막으로 뵌 지가."

"그 정도 될걸요."

토우노는 바르사에게 앉으라는 손짓을 하고서 자신도 맞은편에 앉았다. 그러고 나서 어머니 마사에게 말했다.

"어머니. 직물 담당 책임자가 찾던데요."

마사가 손사래를 쳤다.

"그 사람은 항상 나를 찾는단다. 나중에 가지 뭐."

빙긋이 웃으며 고개를 끄덕이더니, 토우노가 바르사에게 눈을 되돌렸다.

"천천히 쌓인 이야기를 하고 싶지만 그럴 수도 없는 것 같군요. 타치야 씨하고 얘기를 나누고 왔어요. 닷새쯤 후에 잘 아는 대상이 돌아온다는데, 그중 대상 셋이 호위무사를 새로 고용하려 한다고 해요. 도읍으로 가는 사람과 산갈로 가는 사람, 그리고 로타로 가는 사람입니다.

타치야 씨는 꼼꼼하게 일을 하는 편이지만, 요즘은 비슷한 일을 하는 사람이 늘어서 별로 일이 없다고 하네요. 대상의 규모도 작고. 다른 사람을 소개할 수도 있습니다만."

바르사가 고개를 저었다.

"고맙지만, 지금은 그 정도로 충분해요. 타치야 씨는 눈치가 빠르고 입도 무겁죠. 대상의 규모는 오히려 작은 편이 좋아요. 호위할 사람 수가 많으면 여자에게 맡기기를 싫어하니까."

토우노가 고개를 끄덕였다.

"알았어요. 당신이 호위무사 일을 찾고 있다는 것은 다른 사람에게 말하지 말라고 부탁해두겠습니다. 닷새 후에 와달라고 하더군요."

3

배신

바르사는 가능하면 혼자서 타치야의 가게로 가고 싶었다. 아스라를 데리고 가면 너무 눈에 띄기 때문이다. 그러나 대상의 호위 일을 맡으려면 대상의 대장이라는 사람의 됨됨이를 봐야만 한다. 아이를 데리고 있으면 그 아이를 데리고 만나는 것이 상식이다.

대상은 기나긴 여행을 한다. 함께 여행하는 사람과의 궁합이 무엇보다 중요하다. 제멋대로 구는 아이나 몸이 약한 아이를 데리고 오는 것은 아닐까 하는 의심을 받게 되면, 아무리 바르사에게 신용이 있어도 일을 얻지 못할 가능성이 있다.

마사가 조금이라도 인상을 바꾸자며 아스라의 머리를 깨끗이 감기고, 등까지 오는 밤색 머리를 땋아 올려줬다. 그러고 나서 요고 아가씨들이 밖을 걸을 때 햇빛가리개로 쓰는, 흰 천에 자수를 놓은 두건을 씌워주었다.

타치야의 가게까지 당나귀가 끄는 수레를 부탁하는 방법도 있겠지만, 그런 수레를 타고 갔다가는 오히려 눈에 띄고 만다. 사로가는 다른 나라에서 온 사람들의 왕래가 많은 커다란 마을이다. 사람들 속에 섞여 눈에 띄지 않기를 바라는 수밖에 없었다.

바르사는 사방을 주의 깊게 살피면서 아스라의 손을 잡고 걸어갔다. 가을 햇살은 힘을 잃어, 겨울이 바로 코앞까지 와 있음을 알렸다. 타치야의 가게는 번화한 거리의 미로 같은 좁은 골목길에 있다.

간판에는 그저 '모든 상담 가능'이라고만 적혀 있다. 타치야는 사람을 연결시켜주는 장사를 하는 사람이어서, 불쑥 나타나는 사람은 상대하지 않는다. 그렇기 때문에 가게 정문에는 얇은 천이 드리워져 있어, 밖에서 봐서는 뭐 하는 가게인지 전혀 알 수가 없다.

그것도 바르사가 타치야를 선택한 이유였다. 사로가의 중개업자에 대해 웬만큼 정통하지 않고서는 여기가 대상의 호위를 알선해주는 가게인 것을 알 수가 없기 때문이다.

가게 앞에 오자, 바르사는 단창을 오른손에서 왼손으로 바꿔 들었다. 그걸 보고 아스라는 이제 왼쪽 어깨가 안 아픈가 보다고 생각했다.

얇은 천을 들어 올리고 들어가자, 안에는 의외로 넓고 휑한 석회 바닥이 펼쳐져 있었다. 안쪽에 방이 있었고, 책상 뒤에 자그마한 노인이 앉아 있었다. 그 옆의 출입문 마룻귀틀에도 남자들 넷이 앉아서 노인과 얘기를 하고 있었다.

바르사와 아스라가 들어가자 남자들이 얼굴을 들었다. 셋은 상인으로 보이는 차림이었지만, 다른 한 명은 장검을 바로 옆에 두고서 옷소매를 걷어 울룩불룩한 근육을 과시하고 있었다. 수염을 길렀으며, 무인다운 듬직한 태도로 말없이 앉아 있었다.

상인 셋 중 가장 젊은 남자가 아스라를 보더니 신기해하는 표정을 지었다. 연신 바르사와 아스라의 얼굴을 비교하고 있었다. 로타를 자주 왕래하는 상인일 것이다. 아스라가 타르족임을 알아차린 것이다. 바르사는 자연스러운 동작으로 아스라를 옆으로 끌어당겨 남자의 시선을 피하게 했다.

책상 너머에 앉아 있던 노인이 눈가에 미소를 띠며 일어섰다.

"오랜만이오, 바르사 씨. 그동안 잘 지냈소?"

"오랜만입니다. 덕분에 그럭저럭 잘 지내고 있습니다. 타치야 씨도 안색이 좋으신데요."

바르사가 그렇게 말하자, 타치야의 미소가 깊어졌다.

"토우노 씨한테서 대충 이야기는 들었소. 산갈로 가는 대상의 호위를 맡고자 한다고요?"

그 말을 듣더니 무인으로 보이는 사내가 노골적으로 뚫어지게 쳐다봤지만, 바르사는 무시하고서 타치야에게 고개를 끄덕였다.

"이 아이를 데리고 가고 싶으니 그 조건만 수락한다면 임금은 평소의 절반만 받아도 좋습니다."

"…실례지만, 좀 물어도 될까요?"

조금 전에 아스라를 쳐다보던 젊은 상인이 끼어들었다.

"네?"

"당신의 경우 평소 받는 임금이 얼마 정도인가요? …아버지한테서 대장을 물려받은 지 얼마 안 돼서 호위 비용에 대해 좀 알아두고 싶거든요."

"내 임금은 보통 삼식 이외에 하루 동화 서른 닢입니다."

앉아 있는 무인이 웃음을 터뜨렸다.

"뭐라고? 그건 너무 바가지 씌우는 거 아닌가. 일류 호위무사라면 몰라도 동화 서른 닢이라니."

바르사는 아무 말도 하지 않았지만, 타치야가 그 무인에게 눈길을 돌렸다.

"쟈논 씨. 바르사 씨는 일류입니다. 경험으로 해도, 실력으로 해도 동화 서른 닢은 당연히 받을 사람이죠."

쟈논이라고 불린 남자는 못마땅하다는 얼굴을 했지만, 타치야의 미움을 사면 일을 못 얻기 때문에 입을 다물었다.

젊은 상인이 흠 하고 신음 소리를 냈다.

"그럼 반액이라면 동화 열다섯 닢이로군. 두 사람 분 식사를 포함해서."

무인이 그에게 말했다.

"아까 말했듯이 나라면 동화 열두 닢이면 되오. 아이도 없는 홀가분한 홀몸이오. 아이를 데리고 호위를 한다는 건 말도 안 되지. 아이한테 정신을 빼앗겨서는 제대로 호위를 할수가 없을 텐데."

타치야가 고개를 저었다.

"아이를 데리고 있어도 지켜야 할 대상의 수가 하나 늘 뿐이라오. 바르사 씨는 그런 사람이오."

타치야가 젊은 상인을 쳐다봤다.

"하지만 나카 씨. 당신은 로타로 가지 않나요? 바르사 씨는 산갈 방면으로 가는 대상을 희망하고 있습니다요."

상인들은 나지막이 호위의 보수에 대해 이야기하기 시작

했지만, 타치야는 그 대화에는 끼지 않고 바르사에게 가까이 오라는 손짓을 했다. 그리고 작은 소리로 말했다.

"바르사 씨, 어제 당신에 대해 물어 온 사람이 있었소."

바르사의 얼굴이 흐려졌다.

"어떤 사람이었죠?"

"요고 남자로, 탄다라는 이름이었소."

가슴을 얻어맞은 것 같은 충격을 느끼고 바르사가 눈을 크게 떴다.

"…키가 어느 정도였죠?"

"꽤 뚱뚱한 남자였소. 마흔 정도 되는."

'탄다가 아니다.'

"나한테 무슨 용건이 있다고 하던가요?"

"단지 편지를 전하러 왔다고 하더군요. 나는 당신이 여기 안 왔다고 말했지만, 여하튼 나타나면 전해달라고 편지를 두고 갔소. 이거라오."

끈으로 묶여 있는 겉봉을 펼치자 로타 문자가 눈에 들어왔다. 읽어나가다 보니 등줄기가 서늘해졌다.

'샤사무(정월) 스무날, 아침 종이 울리기 시작하면 지탄 제사당 문을 통과해라.

나타나지 않으면 아침 종이 그쳤을 때가 곧 탄다와 치키사

의 목숨이 끊어지는 때다.'

스파루 일당이 여기를 알고 있다. 바르사가 여기 올 거라고 예측한 것이다.

이 편지를 갖고 온 남자는 어제 찾아왔다고 한다. 바르사는 추격자를 쓰러뜨린 날로부터 며칠 지났는지 날짜를 계산했다. 로타 사람인 스파루 일당이 좀처럼 찾기 힘든 타치야의 가게를 어떻게 이렇게 빨리 찾아낼 수 있었을까? …설마 탄다가 이야기한 건가?

탄다가 배신할 리는 없다고 생각하지만, 그렇기 때문에 더더욱 불안이 밀려왔다. 탄다는 마음씨가 착한 남자지만 사려가 깊다. 비록 스파루와 거래를 했더라도, 이런 결과를 초래할 어리석은 거래를 할 리가 없다. 편지를 갖고 온 남자에게 일부러 탄다의 이름을 쓰게 한 점에서도 바르사에게 상처 입히려는 악의가 느껴진다.

주위의 소리가 멀어질 정도의 공포가 가슴을 짓눌렀다.

"…바르사?"

불안한 듯한 아스라의 목소리에 바르사는 정신을 차렸다. 그리고 마음속의 공포가 겉으로 드러나지 않도록 조용히 숨을 가다듬었다.

"나중에 이야기할게."

아스라에게 그렇게 나지막이 말하고, 바르사는 속으로 날짜를 계산하기 시작했다.

지탄 제사당은 로타의 북방 지역과 남방 지역의 경계에 있다. 샤사무 스무날까지는 아직 45일 정도 남았으니까 시간은 충분했다.

왜 지탄일까? 샤사무 스무날이면 로타 왕국의 건국축전이 지탄 제사당에서 거행되기 바로 이틀 전이다. 왜 그런 날을 택한 것일까?

그 이유를 생각해볼 필요가 있지만, 지금은 여하튼 로타로 가야만 한다.

이 가게에 대해 알고 있다면, 바르사가 어느 대상의 호위를 맡을지를 알아내는 것도 별로 어려운 일이 아닐 것이다. 그렇다면 왜 일부러 편지를 남긴 걸까? 은밀히 지켜보고 있으면 얼마든지 뒤를 밟을 수 있었을 것이다.

한 번 호되게 당해 경계하고 있는 걸까? …그렇게는 생각할 수 없었다.

최후에 가야 할 장소와 시간을 지정하는 것은 이제까지의 추격 방식과는 전혀 다르다.

뭔가 사정이 바뀌었는지도 모른다. 여하튼 이렇게 소재를 파악당해 의사를 전달받게 되면 바르사 쪽이 압도적으로 불리하다. 조건을 받아들이는 것 외에 다른 방법이 없으니까. 그들은 우선 이동 중에는 공격하지 않을 것이다. 바르사와 아스라가 나타나는 장소와 시간은 알고 있으니까 함정을 파놓고 기다리고 있으면 된다.

"타치야 씨, 사정이 좀 생겼습니다. 로타로 가는 대상은 없는지요?"

바르사의 말을 듣고 쟈논이라는 무인이 벌떡 일어섰다.

"로타로 가는 대상은 내가 먼저 말해뒀다."

바르사는 처음으로 정면으로 그를 쳐다봤다.

"당신 일을 빼앗을 생각은 없다. 조금 기다리더라도 로타로 가는 대상을 찾아달라는 뜻으로 말한 것이다."

타치야가 턱을 문질렀다.

"…이거 난처하군. 바르사 씨, 요즘은 나바루 고개를 비롯한 남부의 국경은 통행료를 비싸게 받는다고 해서, 사로가에서 떠나는 대상은 북쪽 사마루 고개를 통과하고 싶어 한다오. 사마루 고개는 앞으로 열흘쯤 있으면 눈으로 폐쇄되지. 올해의 출발은 아마 이 나카 씨 일행이 마지막일 거요."

바르사가 고개를 끄덕였다.

"알았습니다. 타치야 씨, 대단히 죄송합니다만, 다른 중개업자 중에 타치야 씨가 신용할 만한 사람이 있으면 소개해주시겠습니까?"

그 말을 듣고 있던 나카라는 젊은 상인이 벌떡 일어섰다.

"아니, 잠시 기다려주시오. 타치야 씨가 인정하는 일류 호위무사가 아이 한 명에게 식사를 제공하면 동화 열다섯 닢이면 된다고 했죠? 우리 일행은 사람 수가 적고, 여자와 아이도 섞여 있는 가족 단위의 대상이므로 실력만 확실하다면 당신에게 꼭 부탁하고 싶군요."

쟈논의 얼굴에 노기가 역력했지만, 그는 나카에게 분노를 폭발시키지 않을 정도의 분별력은 갖고 있었다. 대상의 대장에게 잘못 보였다가는 입에서 입으로 나쁜 평판이 떠돌게 된다. 쟈논은 분노를 억누른 어조로 말했다.

"나카 씨, 대장은 당신이니까 선택하는 것은 당신이다. 그러나 이 말만은 해두도록 하지. 여자가 호위를 맡으면 만만해 보일 뿐이다. 게다가 이 여자는 단창을 쓰는 것 같은데, 늘 단창을 손에 들고 있을 수 있는 건 아니다. 어떤 사정으로 창을 갖고 있지 않을 때 공격을 받을 경우도 있다. 그런 때 여자는 역시 여자다. 맨손으로는 절대로 남자를 못 당한다."

타치야는 잠자코 있었지만, 눈에 재미있어하는 빛이 떠올랐다. 바르사가 흘끗 타치야를 봤지만 그는 잠자코 미소를 지을 뿐, 이번에는 끼어들려고 하지 않았다.

바르사가 쟈논에게 시선을 돌렸다.

"…자신을 팔기 위해 남을 깎아내리는군."

"깎아내리는 것이 아니다. 사실을 말했을 따름이다. 사실이 아니라면 스스로 증명해 보이는 게 어떠냐?"

쟈논이 빙긋이 웃었다. 바르사가 작게 한숨을 쉬었다. 그리고 아스라에게 속삭였다.

"이거 갖고 저 구석에 가서 있어라. 무거우니까 조심해서."

아스라는 긴장한 얼굴로 바르사가 건네준 단창을 들었다. 생각했던 것보다 훨씬 무거웠다. 아스라는 조심스럽게 창을 양손으로 들고 구석진 곳으로 물러났다. 심장이 아플 정도로 뛰었다. 입 안이 바싹바싹 말랐다.

쟈논이라는 무인은 일어서니 바르사보다 키가 머리 하나 정도는 더 컸다. 누가 봐도 맨손으로는 상대가 될 것 같지 않았다. 게다가 바르사는 두 군데나 부상을 입었다. 아스라는 걱정스러운 나머지 가슴이 아파 왔다.

쟈논은 맘대로 덤벼보라는 동작을 해 보였다.

살짝 자세를 낮춘 바르사의 오른발이 움찔거렸다. 순간 바르사가 오른발잡이인 것을 파악한 쟈논은 급소를 걷어차이지 않도록 비스듬한 자세를 취했다. 그리고 비스듬한 자세를 취할 때의 힘을 이용해 바르사의 안면에 왼쪽 주먹을 내리쳤다.

그 왼손을 바르사의 오른손이 바깥쪽에서 어루만진 것처럼 보인 순간, 쟈논의 몸이 균형을 잃고 앞으로 크게 휘청했다. 그때 이미 바르사는 마치 물 흐르듯이 매끄러운 동작으로 쟈논의 몸을 따라 움직여, 오른쪽 팔꿈치로 쟈논의 겨드랑이 밑을 가격하고 있었다.

쟈논이 눈을 부릅떴다. 겨드랑이 밑의 급소로부터 극심한 통증이 느껴져 숨이 막혔다. 그래도 신음하면서 쟈논은 몸을 틀어 바르사의 머리카락을 오른손으로 움켜쥐려고 했다. 머리카락을 움켜쥐고 무릎으로 차면, 여자의 몸쯤이야 어디로 공격해 들어가도 한 방이면 쓰러뜨릴 수 있다.

뚝 하고 나뭇가지를 꺾는 듯한 소리가 나며, 머리카락을 움켜쥐러 간 오른손에 갑자기 극심한 통증이 느껴졌다. 무슨 일이 일어났는지 쟈논은 볼 수조차 없었지만, 머리카락을 움켜쥐려고 주먹을 편 순간, 섬광과도 같은 바르사의 수도(手刀)가 손가락을 내리쳐서 부러뜨린 것이다.

쟈논이 극심한 통증으로 오른손을 붙잡고 몸을 웅크려도 바르사는 손을 멈추지 않았다. 살짝 구부린 수도를 기합과 함께 쟈논의 귀 밑에 내리치자, 쟈논은 쓰러지며 움직이지 않게 되었다. 그래도 바르사는 발을 잡히지 않도록 뒤쪽에서

다가가 무릎을 꿇고는 쟈논의 눈꺼풀을 손가락으로 벌렸다. 쟈논이 완전히 정신을 잃은 것을 확인한 후에야 비로소 바르사의 몸에서 살기가 사라졌다.

상인들은 소리도 없이 넋이 나가 있었다. 바르사가 아스라 곁으로 걸어가서 단창을 받아 들자, 그제야 주술이 풀린 것처럼 그들은 몸을 움직였다.

나카가 쉰 목소리로 나지막이 말했다. 얼굴이 창백해지고, 눈에 혐오의 빛이 담겨 있었다.

"아니… 강한 것은 알았지만, 꽤나 잔혹한 짓을 하는 사람이로군. 실력 차가 이 정도 있으면 손가락을 부러뜨리지 않아도…. 이러면 이 사람은 한동안 일을 못 하게 될 텐데."

그때 타치야가 입을 열었다.

"나카 씨, 바르사는 내가 끼어들지 않아서 이 정도까지 한 것이라오."

타치야는 일어서서 석회 바닥으로 내려오더니, 익숙한 손놀림으로 쟈논의 눈꺼풀을 벌려 목덜미에 손가락을 대고 맥을 확인했다.

"아까 말했듯이, 쟈논은 술집의 호위를 맡은 경험은 있지만 대상의 호위 경험은 없소. 당신 일행처럼 자그마한 규모의 대상은 호위무사를 여러 명 고용할 수 없는데, 잘 아시다시피 대상은 도적이 노리기 쉬운 사냥감이지요.

당신들은 물론 가능한 한 다른 대상과 함께 다니겠지요. 그래도 도적이 습격해 왔을 때는 목숨이 위태로워질 수밖에 없습니다."

나카가 고개를 끄덕였다.

"대상의 호위는 술집 호위하고는 다르다오. 쟈논은 동화 열두 닢의 가치라고 한 의미가 거기 있소. 바르사는 동화 서른 닢. 내가 그렇게 얘기했는데도 쟈논은 바르사를 여자라는 이유만으로 우습게 봤지요.

쟈논은 검 실력은 뛰어나지만, 손을 대서는 안 될 상대를 못 알아봐서는 아직 멀었다고 할 수 있죠. 대상의 호위는 안 맡는 편이 낫겠다고 나는 판단했소. 그래서 말리지 않았다오. 지금 손가락이 부러진 편이 나중에 목을 잘리는 것보다 훨씬 나으니까.

바르사는 일단 상대를 하게 되면 실력이 못 미치는 상대라도 가차 없이 쓰러뜨리고, 쓰러져도 방심하지 않지요. 그리고 한동안은 검을 쥘 수 없게 만들어 원한을 품어도 공격 못 하게 한 거라오. 손가락이 나을 무렵에는 바르사 씨는 여기 없지요. 다시 만날 무렵에는 흥분도 가라앉았을 테고.

나카 씨, 잔혹한 것이 아니라 바로 이것이 목숨을 지키는 일을 할 때 절대적으로 필요한 마음가짐이라오. …그렇기 때문에 내가 바르사를 일류라고 한 것이지요."

나카는 굳은 얼굴로 잠자코 있더니, 이윽고 천천히 뺨에 혈색이 돌아왔다.

"그렇군요. 많은 공부가 되었소."

바르사 쪽으로 돌아보며 나카가 말했다.

"당신에게 꼭 호위를 부탁하고 싶은데 맡아주겠소?"

바르사가 고개를 끄덕였다.

"고맙습니다. 다만 한 가지 조건이 있소. …로타 어느 쪽으로 가시지요?"

"나는 모피를 사들이는 일을 하기 때문에, 북부를 돌며 모피를 사들이고 나서 요고로 돌아오는 것이 매년 정해진 일정이라오."

"그렇습니까? 그럼 토르안을 거치나요?"

나카가 고개를 끄덕였다.

"로타를 잘 아는 것 같군요. 그렇소, 토르안은 북부의 모피가 모여드는 시장이니까. 반드시 거치오."

"우리는 가야 할 곳이 있어서 토르안까지만 호위를 맡겠소. 토르안에는 내가 잘 아는 신뢰할 만한 호위무사 중개상이 있소. 요고까지 돌아오는 길의 호위를 맡아줄 사람을 반드시 소개하겠습니다. 그런 조건이라도 괜찮은지요?"

고개를 끄덕이려다가 갑자기 나카는 바르사 뒤에 서 있는 아스라를 쳐다봤다.

"조건은 그걸로 괜찮은데…. 그 아이는 당신 딸이 아니죠? 아까부터 신경이 쓰였는데, 당신은 칸발인인 것 같고, 그 아이는 아무리 봐도…."

"네, 내 아이가 아닙니다."

말을 가로막듯이 바르사가 끼어들었다. 어조를 부드럽게 하기 위해 조금 미소를 지으면서.

"못된 로타 상인에게 납치당해 요고에서 팔릴 뻔한 아이를 구했지요. 가족이 없는 걸 알게 되어서 내가 맡은 것입니다."

"아아… 그렇군, 그런 연유가 있었군요."

나카가 잠시 생각하더니 이윽고 손을 내밀었다. 계약이 성립된 것이다.

타치야에게 중개수수료를 건네면서 바르사가 작은 소리로 속삭였다.

"만약 또다시 나를 찾아오는 자가 있거든, 내가 조건을 수락했다고 전해주세요. 반드시 정해준 기일까지 지탄으로 가겠다고. …하지만 만약 그쪽이 약속을 깨고 탄다와 치키사를 다치게 했다가는 반드시 후회하게 만들겠다고."

바르사의 어조는 차분했지만, 온몸에서 살기 같은 것이 뿜어져 나왔다. 타치야는 고개를 끄덕이고 옆에 있던 갱지에 적어뒀다. 그러고 나서 얼굴을 들어 작지만 반짝이는 눈으로 바르사를 보며 말했다.

"옛날에 지그로 씨의 기술을 본 적이 있는데, 바르사 씨가 이제 그 경지에 이른 것 같군요. 나이를 먹어도 녹슬지 않는 기술이 있다고 지그로 씨가 말하곤 했지만, 나는 그 말을 안 믿었다오. 그런데 아까 바르사 씨의 움직임을 보고서 조금 믿기 시작했다오."

바르사가 미소를 지었다.

"지그로는 여자의 몸으로도 강해질 수 있는 기술을 나에게 가르쳐주었어요. 그건 결국 완력에 의존하지 않는 기술이니까요. …언제까지 내가 이 일을 할 수 있을지 모르지만, 오래도록 좋은 관계를 유지할 수 있으면 좋겠네요."

타치야가 웃었다.

"바르사 씨가 약해지기 전에 틀림없이 내가 먼저 은퇴할 거요. 조만간 아들에게 소개하기로 하죠."

나카와 세세한 상의를 하고 내일 합류하기로 약속하고서, 바르사는 아스라와 함께 가게 밖으로 나왔다. 밖으로 나왔을 때 주위의 기척을 살폈지만 가을 햇살이 시끌벅적한 거리를 비추고 있을 뿐, 지켜보고 있는 자의 시선은 느껴지지 않았다.

투명한 햇살과는 달리, 갈 길이 보이지 않는 막막하고 답답한 마음으로 바르사는 발걸음을 옮겼다.

🙖❊🙔

바르사와 아스라가 타치야의 가게를 떠난 직후에 탄다와 스파루가 타치야의 가게 앞에 섰다. 시하나와 마크루 등은 가게 밖에 흩어져서 주위를 살피고 있었다. 치키사는 묵고 있는 여인숙 방에 갇혀 있었다.

탄다 일행이 얇은 천을 들어 올리고 가게로 들어서자 타치야가 눈을 들었다.

"어떻게 오셨는지요?"

탄다가 타치야에게 다가가서 말했다.

"실례지만 타치야 씨인가요? 대상의 호위를 알선해주시는?"

"그렇소, 내가 타치야입니다만. 어느 분 소개로 오셨는지요?"

"그게 아니라, 저는 친구를 찾아왔습니다. 전에 그 친구한테서 당신 얘기를 들은 적이 있어서 연락이 가능하지 않을까해서요. …두서없이 말씀드려 죄송합니다만, 그러니까 바르사라는 여자 호위무사를 아시는지요?"

타치야의 표정은 전혀 움직이지 않았다.

"실례지만 당신 이름을 말하지 않은 것 같은데."

탄다의 얼굴이 빨개졌다.

"죄송합니다. 그랬군요. 저는 탄다라고 합니다."

타치야의 눈이 약간 가늘어졌다.

"…이게 어찌된 일이지요? 이틀 전에 오신 탄다 씨는 당신보다 뚱뚱한 분이었는데. 나는 부탁받은 대로 바르사 씨에게 편지를 건넸습니다."

탄다는 튀어 오를 듯이 놀라며 스파루를 돌아봤다. 스파루의 얼굴에는 당황하는 빛이 역력했다.

배신한 것이냐? 탄다는 평소의 그답지 않은 매서운 시선으로 스파루를 노려봤지만, 스파루는 필사적으로 고개를 저었다.

"나는 모르는 일이다. …맹세해도 좋다."

두 사람의 신경전을 지켜보던 타치야가 끼어들었다.

"바르사 씨로부터의 전언이 있습니다. 듣겠습니까?"

탄다가 고개를 끄덕였다. 타치야는 책상 위를 찾더니, 이윽고 갱지 한 장을 찾아내 노안이 온 눈을 가늘게 뜨고 종이를 떼어내서 소리 내어 읽었다.

"나는 조건을 수락했다. 정해진 기일까지 지탄으로 가겠다. 하지만 만약 그쪽이 약속을 어기고 탄다와 치키사를 다치게 하면 반드시 후회하게 만들겠다."

탄다는 파랗게 질린 얼굴로 집어삼킬 듯이 그 종이를 응시했다. 스파루가 옆으로 와서 역시 새파란 얼굴로 그 종이를 응시하고 있었다.

무슨 일이 일어난 걸까? 스파루가 배신한 것이 아니라면 대체 무엇이…?

탄다는 목소리의 떨림을 필사적으로 억누르고는 타치야에게 바르사가 대상에 합류했는지를 물었지만, 타치야는 조개처럼 입을 꽉 다물고 그 이상은 일절 가르쳐주지 않았다.

어두침침한 가게에서 밖으로 나가자 순간 눈이 침침했다.

시하나가 이쪽으로 걸어왔다. 시하나의 어깨에 빨간 목걸이를 한 자그마한 원숭이가 앉아 있는 것을 보고 탄다는 흠칫 놀랐다. 본 적이 있는 원숭이다. 그 여인숙에 있었던 원숭이, 그것이 시하나의 원숭이였구나.

스파루가 빠른 걸음으로 시하나 쪽으로 걷기 시작했을 때, 남자 몇 명이 탄다와 스파루의 양옆에서 다가왔다. 스파루는 그 남자들을 돌아보고서 눈을 휘둥그렇게 떴다.

"라와루계(系)의 카파무…?"

남자들은 눈 깜짝할 사이에 스파루와 탄다를 에워쌌다. 시하나가 천천히 스파루 앞에 섰다.

"아버지, 미안. 아버지 방식으로는 역시 시간이 너무 걸려. 그래서 내 동료들에게 응원을 부탁했어."

스파루가 딸을 노려봤다.

"무슨 짓이냐? 무슨 말을 하는 것이냐…?"

시하나가 조용히 대답했다.

"나는 계속 로타 왕국 사람들이 가장 행복해지는 형태의 그림을 그리며 놀이판의 말을 움직여왔어. 아버지는 틀림없이 반대할 테니까 말하지 않았지만. …뭐, 이런 곳에서 이야기할 것은 아니니까. 여인숙으로 돌아가. 오늘 밤 중으로 로타로 떠날 거니까 준비해야 하거든. 이제부터는 내 지시를 따르도록 해."

아버지의 얼굴에 놀라움과 분노의 빛이 떠오르는 것을 보고도, 시하나의 표정은 전혀 바뀌지 않았다. 그 눈에는 평소의, 멀리서 모든 것을 바라보는 것 같은 초연한 빛이 떠올라 있을 따름이었다.

종장

출발

아스라가 깨어난 것은 새벽빛이 어둠을 몰아내기 시작할
무렵이었다.

바르사는 이미 일어나 있었다. 창가에 앉아서 왼쪽 어깨의
상처를 치료하고 있었다. 아스라가 몸을 일으키자 아스라 쪽
으로 얼굴을 돌리고는,

"잘 잤니?"

하고 말했다.

"…상처 나았어?"

작은 소리로 묻자 바르사가 고개를 끄덕였다.

"많이 나았다."

아스라는 잠시 망설이다가, 이윽고 다가와서 상처를 들여

다봤다. 깊은 상처에 생겼던 딱지가 떨어져 새살이 반짝였다.

바르사가 낮은 목소리로 말했다.

"이렇게 상처가 나아가는 것을 볼 때마다 생각한단다. … 아아, 몸이 살려고 하는구나 하고."

아스라가 눈을 들자 바르사가 쑥스러운 듯이 말했다.

"그런 생각 안 드니?"

아스라가 고개를 끄덕였다.

어젯밤에 바르사는 타치야의 가게에서 받은 서한에 대해 이야기해주었다. 오빠를 구하기 위해서는 지탄 제사당으로 가야만 한다는 것을 아스라는 알았다.

지탄 제사당이라는 말을 들은 순간, 아스라는 가슴이 철렁했다. 바르사는 모르는 것 같은데, 지탄은 바로 까마득한 옛날에 로타르발의 성도가 있었던 곳이기 때문이다.

성스러운 샘이 솟고, 성스러운 거목이 하늘을 향해 나뭇가지를 벌리고 있으며, 기생나무의 고리에 꽃이 맺혀 있었다고 하는 성지. 예전에 시우루의 여자애가 사다 타르하마야(신과 하나가 된 자)가 되었던 바로 그곳이며, 사다 타르하마야가 키란 왕에게 살해당한 장소이기도 했다.

가슴에 걸려 있는, 눈에 보이지 않는 성스러운 기생나무의 고리가 약간 쑤시는 듯한 느낌이 들었다.

운명의 손이 자신을 성지로 인도하고 있다는 생각이 들었다. 그 순간 엄청난 태풍 앞에 우두커니 서 있는 듯한 불안감이 가슴을 엄습했다.

'스파루라는 주술사는 사다 타르하마야가 살해당한 장소에서 나를 죽이려는 건지도 몰라 ….'

무서웠지만, 바르사에게는 도저히 그 말을 전할 수가 없었다. 지탄에 대해 이야기하려면, 자신이 타르하마야를 불러올수 있다는 사실을 털어놔야 했기 때문이다.

치키사를 구하기 위해서는 함정이 기다리고 있는 걸 알면서도 그곳으로 가야만 한다.

무서웠다. 어머니가 가르쳐준 대로 신을 불러오는 자로서 냉정해져야 한다고 생각했지만, 가슴 밑바닥에 퍼져가는 두려움을 없앨 수는 없었다.

"내 양아버지가 말하곤 했다. 절망할 수밖에 없는 궁지에 몰려도 눈앞이 캄캄해져 혼이 몸을 떠나는 그 순간까지 포기하지 말라고.

최선을 다해도 어쩔 수 없을 경우도 있지만, 포기해버리면 절대로 살아남을 수 없기 때문이라고 하며."

그 말보다도 바르사의 차분한 목소리가 아스라의 떨림을

가라앉혀주었다.

"너한테 오빠가 둘도 없는 사람이듯이, 나에게 탄다는 둘
도 없는 사람이야. 둘이서 길을 찾아보자. 앞으로 수십 일이
남았으니까."

바르사는 상처에 천을 대고 붕대를 감더니 옷을 걸쳤다.

"로타에서 신요고로 올 때는 대상과 함께 왔었지?"

아스라가 고개를 끄덕였다. 어렴풋한 기억밖에 없지만 불
쾌한 인상만 남아 있다. 그 표정을 보고 바르사가 다독이듯
이 말했다.

"그때의 여행과는 다르니까 안심해라. 동료로서 여행을 하
는 거니까. 말을 타고 오랜 여행을 하는 것은 힘들지만, 그것
은 모두 마찬가지고, 그리고 어린 여자애도 있다고 하니까
그렇게 힘든 여행이 되지는 않을 거다. 같이 여행하는 사람
들을 배려하며 함께 일하도록 해라. 금세 친해질 테니까.

도적이 습격해 오면, 나는 대상 일행 모두를 지킬 생각을
할 것이다. 아스라를 특별 취급하지는 않는다. 모두의 목숨을
동등한 것으로 생각하고 움직일 거다. …이해하겠지?"

아스라가 고개를 깊이 끄덕였다.

"좋아. 그럼 준비를 하자."

일어선 바르사를 도와 짐을 꾸리고 침구를 정돈한 다음 방을 청소하면서, 아스라는 북받쳐 오는 불안감과 싸우고 있었다.

바르사가 함께해준다. 게다가 도저히 어쩔 도리가 없는 최후의 순간에는… 신령님이 틀림없이 구해주실 거다.

나는 기품 있고 강해야만 한다. 성스러운 신 타르하마야의 선택을 받은 자니까.

크게 숨을 들이쉬고 아스라는 등을 꼿꼿이 폈다. 어느 틈엔가 아침 햇살이 창문으로 들이쳐, 정돈을 마쳐 휑해진 방을 하얗게 비추고 있었다.

발소리가 들려왔다. 마사의 발소리였다. 문을 열어젖히고 깔끔히 정돈된 방을 보더니 마사의 얼굴에 쓸쓸해 보이는 표정이 떠올랐다.

"출발하는구나."

그렇게 중얼거린 마사는 침구 밑에 끼워둔 자그마한 꾸러미를 어느 틈에 발견하더니 주워 들었다. 그것은 어제 대상의 대장 나카한테서 받은 계약금의 일부로, 바르사가 마사에 대한 사례금으로 건네려고 한 것이었다.

마사가 바르사에게 꾸러미를 떠넘겼다. 바르사가 입을 열려고 하자, 마사는 단호하게 고개를 저어 감히 말도 못 꺼내게 했다.

"이걸 받으면 나는 당신의 친구가 아니게 돼요."

그렇게 말하고 나서 마사가 아스라에게로 시선을 옮겼다.

"아스라, 앞으로 너에게 어떤 운명이 기다리고 있을지 나는 모른다. 하지만 말이다, 만약 네가 원한다면 다시 한 번 여기로 돌아와라. 너에게는 옷을 보는 눈이 있는 것 같으니 내가 일류 의상 장인으로 만들어주지. 오빠한테도 뭔가 적당한 일을 찾아주마."

아스라는 깜짝 놀라며 꼿꼿이 서 있는 마사를 응시했다.

"장인이 되는 것도, 상인이 되는 것도 힘들어. 험난한 길이지. 하지만 말이다, 그런 길에서 살 생각이 있으면, 내가 도와주지. 잊지 말아라, 내 말을."

마사의 눈에 담긴 다정한 미소를 보고, 아스라는 목구멍으로 뜨거운 것이 치미는 것을 느꼈다.

울음이 터져 나오지 않도록 떨리는 입술을 깨물고는 아스라가 바닥에 앉았다. 그리고 손을 올리더니, 이마와 코와 입을 세 손가락으로 만지고 나서 바닥에 머리를 갖다 댔다. 진심 어린 감사의 마음을 표현하는 타르족의 인사법이었다.

바르사는 마사와 서로 마주봤다. 그리고 마사에게 깊숙이 머리를 숙였다.

이 아이에게 여기서 살아갈 미래를 주고 싶다고 진심으로
생각했다.

창문으로 들이치는 하얀 빛을 옆얼굴에 받으며, 바르사는
손에 익은 단창을 꽉 쥐었다.

그리고 일어선 아스라와 눈을 맞추고 아스라의 자그마한
손을 잡더니, 새로운 여행을 위해 발을 내딛었다.

(6권에서 계속)

옮긴이의 말

《수호자》 시리즈의 저자 우에하시 나호코는 오스트레일리아의 원주민 애보리진을 연구하고 대학에서 문화인류학을 가르치는 교수 겸 문학가다. 1996년에 자신의 전문 분야에 문학적 상상력을 접목시킨 작품 『정령의 수호자』를 발표하면서 일약 일본 판타지 문학을 대표하는 작가가 되었다. 『정령의 수호자』의 인기에 힘입어 3년 뒤인 1999년에 후속작 『어둠의 수호자』를 발표하고, 이어서 작품 8편과 단편집 2권을 더해 총 12권에 이르는 대작 《수호자》 시리즈를 무려 16년에 걸쳐 완성했다.

이 역작으로 우에하시 나호코는 수많은 문학상을 수상했다. 그뿐만 아니라 해외 여러 나라에서 《수호자》 시리즈가 번역 출간되면서 국제적으로도 명성을 떨치게 되었다. 특히 2014년에는 아동문학계의 노벨상으로 불리는 국제 안데르센

상 작가상을 수상함으로써 세계적으로 주목받는 작가로 우
뚝 섰다.

일본에서 《수호자》 시리즈의 인기와 위상은 일본 국영방
송인 NHK에서 방송 90주년 기념작으로서 이 시리즈를 실사
드라마로 제작하기로 결정한 것만으로도 충분히 짐작할 수
가 있다. 2016년 3월에 〈정령의 수호자〉라는 제목으로 방영
을 시작하여 약 3년에 걸쳐서 방영할 예정이니, 일본 내에서
《수호자》 시리즈를 둘러싼 열기는 한동안 식지 않을 것으로
보인다. 이제까지 라디오 드라마나 애니메이션으로 제작된
적은 있으나 생동감 넘치고 현실감 있는 묘사가 가능한 실사
드라마의 제작은 처음이다. 게다가 유명 연예인까지 등장한
드라마이다 보니 지금 일본에서는 우에하시 나호코의 원작
소설이 다시금 주목받으며 많은 기대를 모으고 있다.

《수호자》시리즈는 종종 '아시아의 『반지의 제왕』'으로 비유되곤 한다. 『반지의 제왕』이 그렇듯이 이 작품 역시 아동부터 성인까지 두루 즐길 수 있는, 독자층의 폭이 매우 넓은 대작이다. 그러나 철저하게 현실과 동떨어진 판타지 세계를 그린 『반지의 제왕』과 비교해서, 《수호자》시리즈가 그리는 판타지 세계는 우리가 살아가는 이 세계와 매우 가까운 곳에 공존한다. 다른 세계를 인정하고 다른 생각을 받아들일 수 있는 열린 마음을 가진 이라면 언제든 그 세계를 볼 수 있으며 두 세계의 경계를 넘나들 수 있다는 점에서 커다란 차이점을 보이는 것이다.

《수호자》시리즈는 30세인 주인공 바르사가 37세가 되기까지 7년 동안 경험하는 무용담이자 모험담이다. 또한 첫 번째 책인 『정령의 수호자』에서 바르사의 도움으로 목숨을 구한 챠그무가 11세 어린아이에서 18세 성인으로 성장하는 과정을 그린 성장 이야기이기도 하다. 본편 10권 가운데『정령의 수호자』,『어둠의 수호자』,『꿈의 수호자』,『신의 수호자』는 바르사가 주인공이며,『허공의 여행자』,『푸른 길의 여행자』에서는 챠그무가 주축이 되어 이야기를 이끌어나간다. 그리고 이 두 줄기의 이야기는 세 편 연작인『하늘과 땅의 수호자』에서 하나로 합류하게 된다. 그 과정에서 다양한 민족 문화에 대한 생생한 묘사, 여러 나라의 역사와 정치적 관계에 대한 묘사가 세밀하게 곁들여지면서, 여느 판타지 소설과 차별화되는《수호자》시리즈만의 독특한 세계가 형성된다.

주인공 설정 역시 매우 독특하다. 판타지 소설에서 바르사와 같이 서른 살 여성이 주인공으로 등장한다는 것은 이례적인 일이다. 실제로『정령의 수호자』출간 당시에 일본 출판사

측에서도 그 점에 대해 난색을 표했다고 한다. 하지만 우에하시 나호코는 무슨 일이 있어도 주인공은 어느 정도 나이가 들어 인생 경험이 풍부하며, 어린 생명을 푸근히 감싸 안을 수 있는 모성애를 지닌 여성이어야 한다는 생각을 떨칠 수가 없었다. 단창을 멘 30대 여성이 어린아이의 손을 잡고 도망치는 이미지가 불현듯 저자의 머릿속에 떠올랐고, 이것이 바로《수호자》시리즈를 저술하는 계기가 되었기 때문이다. 이렇게 해서 강인하면서도 심성 따뜻한 바르사, 약한 생명을 위험으로부터 구하는 역동적인 여성 무사 바르사가 탄생한 것이다.

바르사의 담대한 캐릭터와 굴곡진 삶 이외에, 황태자 챠그무의 성장 이야기 또한《수호자》시리즈에서 중요한 의미를 갖는다. 연약한 어린아이 챠그무가 어느덧 약한 자를 보호하고 생명을 지킬 줄 아는 강인한 어른이 되고, 나아가 주체적으로 이야기를 이끌어가는 중요 인물로 성장하는 과정을 지켜보는 것도 이 작품을 읽는 또 다른 재미다. 위험을 무릅쓰면서까지 자신을 구해준 바르사한테서 영향받아, 챠그무 역시 자신의 목숨이 위태로워지는 것도 개의치 않고 다른 생명을 구하기 위해 최선을 다하는 가슴 훈훈한 장면을 시리즈 곳곳에서 목격하게 된다.

이 작품을 번역하면서 자연과 생명에 대한 저자의 애정과 경의, 소외받는 이들과 약한 자들을 바라보는 따뜻한 시선에 깊이 감명받았다. 그리고 스스로 선택한 것이 아니더라도 어찌 되었든 자기가 태어난 세계에서 주어진 운명을 받아들이고 열심히 살아가는 사람들의 삶도 이 작품에서 만날 수 있었다. 또한 자칫하면 소홀히하기 쉬운 소중한 것을 지키기 위해 최선을 다하는 아름다운 모습도 곳곳에서 볼 수 있었다. 작품을 번역하며 이런 것들이 작품에 심오한 의미와 다양한 색채를 부여한다는 생각이 들었다.

　번역자로서《수호자》시리즈의 번역은 새로운 세계에 대한 도전이었으며, 기나긴 호흡이 필요한 작업이었다. 많은 노력과 시간이 드는 힘든 작업이었지만, 매우 흥미롭고 가치 있는 도전이었다는 생각이 든다. 우에하시 나호코의 가치관과 세계관이 흠뻑 배어 있는《수호자》시리즈의 한국어판 출간에 번역자로서 동참하게 된 것을 기쁘게 생각한다. 저자가《수호자》시리즈를 통해 전 세계의 독자에게 보내고자 하는 메시지가 한국의 독자들에게도 제대로 전달되기를 희망한다.

김옥희

신의 수호자 1.방문

초판 1쇄 찍은날 2020년 2월 24일
초판 1쇄 펴낸날 2020년 2월 28일
지은이 우에하시 나호코
옮긴이 김옥희
펴낸이 한성봉
편집 조유나·하명성·최창문·김학제·이동현·신소윤·조연주
콘텐츠제작 안상준
디자인 전혜진·김현중
마케팅 박신용·오주형·강은혜·박민지
경영지원 국지연·지성실
펴낸곳 스토리존
등록 2015년 8월 11일 제2017-000039호
주소 서울시 중구 소파로 131 [남산동 3가 34-5]
페이스북 www.facebook.com/dongasiabooks
전자우편 storyzone1@naver.com
블로그 blog.naver.com/dongasiabook
인스타그램 www.instagram.com/dongasiabook
전화 02) 757-9724, 5
팩스 02) 757-9726

ISBN 979-11-88299-04-1 04830
          979-11-957529-0-4 (세트)

이 도서의 국립중앙도서관 출판예정도서목록(CIP)은
서지정보유통지원시스템 홈페이지(http://seoji.nl.go.kr)와
국가자료공동목록시스템(http://www.nl.go.kr/kolisnet)에서
이용하실 수 있습니다.(CIP제어번호: CIP2020007135)

※ 스토리존은 동아시아 출판사의 어린이/청소년/실용 브랜드입니다.

※ 잘못된 책은 구입하신 서점에서 바꿔드립니다.

만든 사람들
편집 안상준
디자인 김현중
본문 조판 김경주